今天不挑戰，
和張雅琴開心學英文

張雅琴／著

序

英文是邁向世界的通行證，
也會是你最強而有力的武器

　　有許多觀眾朋友看了我全英文播報的《雅琴看世界》後，都很驚訝原來張雅琴的英文這麼流利，查到我曾經出版過英文學習書，都表示要去買來看，但因為是二十幾年前的出版品了，並不容易找到，於是我跟圓神出版社的簡社長提起這件事，他非常支持，因而促成了這本書重新修訂，也增加了許多內容，以全新的面貌與讀者見面。

　　因為《雅琴看世界》將本書連結了起來，我想先提一下為什麼會有這個節目。

　　武漢肺炎疫情高峰期間，有對英國情侶來台灣旅遊，依照規定必須住進防疫旅館隔離十四天，政府幫他們安排住進花蓮的防疫旅館，住宿免費，每天僅收兩百五十元的餐費。結果這對情侶開始跟家人朋友抱怨，甚至投書 BBC，表示環境惡劣、食物難吃，還限制他們人身自由，把台灣說成極為落後的國家，批評得一文不值。

　　事實上，我們的工作人員還因為他們要求吃無麩質的食物，特地自掏腰包買蛋、牛奶，盡心盡力照顧。所以 BBC 的負面報

導發酵之後，引起了全民的反彈，外交部提出了抗議，但BBC只把新聞撤下，沒有任何更正啟事，而且即使更正，對台灣的國際形象早已造成無法彌補的傷害。

然而雖然在國內大家討論熱烈，但國際媒體卻沒有任何能見度，於是我跟年代新聞高層提了個企畫，想製作一個《年代晚報》的英文版，每一集五分鐘左右，把一些重要的事情講清楚、說明白，讓國際上也能聽到台灣的觀點與說法。因為我的個性比較活潑，常常有許多突發奇想的點子，想到什麼就大膽提案，大部分時候大家都聽聽就算了。沒想到這次老闆竟然很爽快地一口答應：「好！我們來做。」被熱情沖昏頭的我根本忘了自己已經從哥大畢業多少年了，現在的英文程度是否可以勝任？

還記得提出這個想法是某個星期五，老闆說：「那今天就先試錄，沒問題的話，下星期一開始播出！」於是，憑著一股熱血，《雅琴看世界》就這麼誕生了。等到著手製作，才發現不是想像中那麼簡單，說到這裡，我真的很感謝我的同事，所有人都自願加班，全力支援。我最常聽到他們對我說：「妳要的是這個沒錯吧？」像是節目中很有特色的手板，靈感也來自這群很有創意的團隊，當他們提出這個構想時，我還想說這要幹嘛，但做出來以後才發現效果很好。每次他們跟我講話的時候，我都會看見他們眼睛裡閃爍的光芒，這真的讓我很感動。

三月三十日第一集播出之後，觀眾的反應非常熱烈，蔡英文

總統甚至在 Telegram 上貼文分享，讚許《雅琴看世界》用全英文播報，字幕和手板也以全英文形式呈現，讓國際友人也能透過報導了解台灣的狀況，為台灣發聲！對此我感到非常榮幸，播出之後很多人問：「這個節目是想教台灣人學英文嗎？」我回答：「不是，我是想告訴外國人，台灣人在想什麼。」

　　播出後沒多久，WHO 祕書長譚德賽的事情鬧得沸沸揚揚，第九集的內容以此為題，點閱率突破了百萬。譚德賽對外表示，台灣人因為他是黑人而歧視他。然而事實並非如此，是 WHO 一直把台灣排除在外。當時我在節目上說了一句：「Justice will prevail.」（正義終將彰顯），很多網友以此做了很多迷因，讓這件事在網路上廣為流傳，讓更多人知道事情的真相。有許多朋友留言給我，寫著：「謝謝妳願意為台灣做這件事！」但我覺得不需要謝我，這正是我的工作，我更感謝公司願意放手讓我做。而且所有工作人員都和我一樣，沒有領取額外酬勞，大家都是擠出時間，下班之後留下來和我一起錄製這個節目。

　　後來有個阿根廷的電視台引用了我們的節目，有朋友看見了告訴我：「雅琴姐，妳上了阿根廷的電視了。」因為主播講的是拉丁文我聽不懂，請人翻譯之後得知，是在報導 WHO 以及台灣的看法。由此可知語言的影響力有多大，全世界各國只要懂英文的人，就能透過這個節目了解台灣的觀點。

　　也有觀眾留言說看了這個節目，激起了他想學英文的熱情，

而且跟我講的人不只有學生，還有許多脫離英文已久的朋友。印象很深刻的是一位宜蘭的高中生，他用英文寫了一封信給譚德塞，寄給我，告訴我未來會繼續好好學習英文，為自己及國家發聲，我覺得這個年輕人很棒，所以還把信做成了手板，在節目中與觀眾分享。

節目紅了之後，媒體最常問我的問題就是：「雅琴姐，妳已經這麼多年沒有用英文了，為什麼還能這麼流利呀？」我想說的是，其實大部分人都學過英文，只是還給老師了，而學習是終身的，是一個 continuous revolution。

這個節目雖然是錄影播出，但念不好或念錯都得整段重來，所以在緊湊的時程下，通常需要一次 OK。不過有很多單字對我來說還是非常陌生的，譬如〈兩岸關係條例〉〈九二共識〉怎麼說？什麼叫「One China, Two System」？對我來說也是一種學習。

剛開始有人留言給我說聽不懂，但是慢慢地，有人回饋說自己的英文開始有進步，因為我們字幕都有中英文對照，讓他們學到了一些單字。後來也有觀眾跟我說：「雅琴妳比開始時進步喔，越來越溜了。」這就是我一直想跟大家分享的觀念，英文也要持續學習，只要常說、常聽、時常吸收新的詞彙，一定會漸漸看出改變。

我以前在美國讀書的時候，都覺得日本人、韓國人的英文沒有我們好，但現在這些國家裡英文好的人非常多，有很大的進

步，反倒是台灣似乎成長有限。台灣要走向世界不能只靠國家、不是只靠政府，而是每一個人民。就像這次 WHO 的事件，英文顯而易見是一個很重要的發聲工具。我自己也是教育部的英語促進委員會的委員之一，前陣子委員會就在商討如何讓英文變成一個 using language 而不是第二語言，因為第二語言牽涉到官方語言的問題比較複雜，但是 using language 就是日常使用的語言。為此我建議政府開設免費的學習平台，像韓國的阿里郎電視台、日本的 NHK 電視台都有全英文的節目，這也是我製作《雅琴看世界》的原因之一。

這本書再次誕生的原因也是如此，我不是從小居住在國外，也沒有厲害的家教，跟所有台灣人學習英文的過程一樣，剛開始也遇到很多挫折。但後來的我到了哥倫比亞大學念書，現在英文也被認為說得算是流利，我想我的學習方式應該可以說成功，所以想跟大家分享，希望也能燃起你對英文學習的信心與熱情，我做得到，你也一定可以！

Contents
目錄

Part 3 → 就算身在國內，也能學好英文

Part 4 → 把握每次出國機會，為自己的實力加分

PART
1

英文，
我的這位人生好友

英文，是我最有力的武器。

從完全陌生、認識、熟悉，到駕馭自如，想學好英文就必須歷經一段艱辛的過程，只能一步、一步，沒有捷徑，而我就是這麼走過來的。

國一時從教科書上，我才接觸到第一個英文字母 A。當時班上大多數的同學，早在暑假就已在補習班學過最基本的字母發音，而沒有補習的我，什麼都不會。

連 b 和 d 都分不清的開始

好像是上課的第一天吧！老師就考我們 abcd。不知道為什麼，那時我一直搞不懂 b 跟 d 這兩個字母有何差別，所以當英文小老師在講台上念出 b 時，因為聽不清楚，我還舉手請她再念一次，天啊！真是尷尬死了！結果當然考得很差，而班上有一半以上的同學都寫對了，我覺得好自卑、好沮喪。

幸運的是，英文老師也兼任我們的班導師，她留著一頭長髮，年輕、漂亮、親切、有耐心，以活潑、引導的方式，讓我們從戲劇的角色扮演中勇於開口說英文，我才因此消除恐懼感，開始培養出興趣，我很感謝這位老師對我的啟蒙與幫助。

用最笨的方法學習

　　起步的階段總是最辛苦的，為了記住發音，我曾以中文的注音符號來練習念英文單字，對初學的我來說，的確幫助不小。國中三年，英文成績沒有很差，但也不是頂尖，只維持在中等程度，不好不壞。

　　直到上高中，我的英文能力才突飛猛進。

　　蕭聖雪，一個令我難以忘懷的名字，她是我高一上學期的英文老師，我非常慶幸能遇到她。至今我仍清楚記得她的模樣：個子小、年紀大，戴著一副和電視演員倪敏然演的「七先生」相似的深度近視眼鏡，鏡片看起來一圈一圈的。

　　她用全英文教英文，課堂上絕不說中文，對才高一的我們來說，自然非常吃力。於是，有很多同學回家後向父母訴苦，愛女心切的家長們，便出面向校長反映此事，他們的理由是：我的孩子英文已經不好了，整堂課都聽英文一定聽不懂，如此學習效果只會更差。校長只好找蕭老師來詢問原委，經蕭老師解釋她的用意與教法，並負責與家長溝通後，校長也就不再干涉。

　　之後蕭老師寫了一封信，影印發給每個同學帶回家給家長看，內容大抵是表明自己教學方式對學生的益處，可惜還是有不少家長把孩子轉到別班上課。當然，不可否認地，這種教法

對學生來說，剛開始會很辛苦，但對聽力與發音的訓練，卻能奠定相當扎實的根基。而且會多國語言的蕭老師，英文發音非常正確，一旦聽習慣之後，效果是加倍的。

從蕭老師身上，我學到的不只是英文，還有一種擇善固執、堅持到底的精神。只要你認定是對的事，不管別人如何批評與阻撓，也要埋頭苦幹去做。當然，從蕭老師那兒，我也學到了許多增強英文能力的方法。

我開始聽 ICRT，聽不懂是很正常的，但總能聽會一些簡單的單字。我還背過字典，從 A 開始，一個字、一個字背，還沒全部背完，我的英文就已經相當好了。

除此之外，我跟 ICRT 還有另一段淵源。我在政大新聞系的時候曾經在 ICRT 實習，他們本來不收台灣人的，全部都是美國人，而且裡面規定很嚴格，不能講中文，不過我那時候去的時候考試成績不錯，加上只是實習，所以破格錄取。這段時間讓我最震撼的是，我以為自己英文很好，不過進去之後發現他們打出來的文章我竟然讀不來，因為全部都是大寫的，我平常看慣小寫，大寫變成需要轉換，常常被卡住，但又需要在短時間內整理好新聞，壓力很大，不過經過那段時間的訓練，現在就完全沒問題了，這也是個難忘的經驗。

在當年，ICRT 是學英文免費又快速的工具，不過隨著時代發展，訊息太多，這已經不是主流的學習方式了。我現在推薦

的是 CNN，它是二十四小時的新聞頻道，可以取代 ICRT。而且我採訪波斯灣戰爭的時候曾經接觸過 CNN 的人，感受到他們對於新聞報導的專業與嚴謹，內容用詞也不會過於艱澀。

唱歌學英文，對於訓練自己正確發音也是一種很有效的方法。我很喜歡聽，也愛唱西洋歌曲，因此從國中開始就養成 K 書時聽收音機的習慣。我尤其喜歡聽純粹播放西洋歌曲的節目，沒有主持人喋喋不休的干擾，直到現在，我仍然喜歡那種功能簡單的小型收音機，聽的也是純音樂節目。因為有興趣，自然會跟著唱，並學習歌手的咬字與唱腔。但是沒有錢買專輯，並不清楚歌手在唱什麼，我就會向同學借歌詞，了解涵義後，再對照著唱，兩遍就可以把歌詞全部背起來，就這樣我學會很多首 Bee Gees 的歌。「你會這樣唱，自然就會這麼說」──我發現這種方法真的很管用。唱歌學英文，能有效地幫助抑揚頓挫的正確發音和講完整的句子，而且能訓練自己順利流暢地把每個單字發音連貫起來，而不是一個音、一個音地念句子。

像現在我跟導播對稿子的時候都會再念一遍，這時候我會念我自己的自然語法，就是說，咦？這個好像不是這樣念，那就多念兩遍，還是不順就趕快去查，果然發現文法有點問題。我發現自己多年前學的英文已經內化了，念出來就會直覺到可能不太對勁，仔細想想，奇怪，我沒學過這個文法，為什麼知道這樣的念法不對呢？我在美國讀書時的大量會話的確有蠻大

的幫助，另一個原因就是唱歌學英文了。流暢的曲調讓文字朗朗上口，也同時讓你自然而然懂得文法。但這個也有例外，有一些比較 rap 的歌曲，文法就不一定是正確的。我學的是比較傳統，像〈草原上的屋子〉（Little House on the Prairie）或是〈鄉間小路帶我回家〉（Take Me Home, Country Roads）〈丹尼男孩〉（Danny boy）那些老歌，文法就不會出錯。

還記得當初為此還跟爸爸爭取很久，他問我：「妳學英文一定要買那個嗎？」我說，一定要。其實我分不清楚自己是喜歡老歌還是喜歡學英文，總之爸爸最後還是讓我買了，幸好我也沒有辜負他，聽著卡帶搭配著一本一本的歌詞，讓我英文打下了很好的根基。

大學時代，曾有朋友認為我的英文聽不出來是華人講的，而以為我是美國長大的 ABC。在美國求學時，也有外籍友人誤認我來自奧勒岡州，我不知道為什麼，但是我的流利英文，都是高中時辛苦扎下的基礎。

除了有好的老師、好的方法之外，最重要的還要下定決心。學英文絕非一蹴可幾，更別妄想一步登天，若抱著此種錯誤的想法，成功的大門絕不會為你而開。我不是天才，為了學好英文，我自認付出很大的代價。

高中時，班上同學幾乎都會買英文教學錄影帶、錄音帶、西洋歌曲、英文九百句等課外的輔助教材，可是因為父親不讓

我買，我只好厚著臉皮向同學借，還得看人家的臉色，在幫她們做值日生、掃廁所等各種交換條件之下，她們才點頭答應下課十分鐘時借我。也因為時間有限，一借到我就拚命抄，能抄多少是多少，抄到就算賺到的。

我還利用中午的打掃空檔學英文。那時我負責的清潔區域是一棟很老舊的倉庫，裡頭存放了許多舊書，當我發現其中有些硬皮（所謂的精裝本）的原文故事書時，有如發現新大陸般興奮，於是我想到可以利用掃完後的時間看，但因時間有限且愛不擇手，便打算借回家好好欣賞。當我向管理這些書籍的老師報告後，她說：「依規定是不能外借的，不過看妳那麼喜歡，妳就拿去看吧！」午休時刻，當同學都在睡覺時，我把書藏在抽屜裡偷偷地看，就這樣看完了《湯姆歷險記》。後來因為學校要把一些太過破爛的書處理掉，那位老師便將幾本要丟棄的故事書送給我，那種快樂的感覺真是無法言喻！這些書，至今都還擺在我的書架上。

臉皮厚雖可恥，但有效

因為欠缺說英文的環境，也因羞於開口，所以學英文的人大部分較難突破「會話」這關，我也不例外。

為了克服心理障礙，我找了一個志同道合的練習對象，她

是我的同班同學。我們約定好每個星期三為「英文日」，兩個人一見面只能說英文，不准說中文。剛開始還覺得滿好玩的，日子一久就很痛苦了，可是又怕犯規被罰錢，後來甚至採取逃避的方式，彼此都很怕見到對方。經過一段時日的掙扎與調適後，我們才能共同繼續這個目標。有時放學後，我們一同走在西門町的紅磚道上，正興致勃勃地以蹩腳的英文溝通時，那一身顯眼的綠衣裳和我們的英文，常惹來旁人投以不屑的目光，以及「騷包」「神經病」等批評，但我們不以為忤，因為我們並非想賣弄英文，只是純粹為了練習罷了！有時，學英文只要問心無愧，必須「忽略」旁人的看法，否則是很難成功的。

除了上述種種方法之外，隨時向字典請教也有很大幫助。隨身攜帶一本字典，不論招牌、廣告、雜誌、圖書……或在收音機、電影、電視……上看到、聽到的陌生單字，都一一記下來查清楚，如此學到的單字將越來越多，不懂的生字會愈來愈少。直到現在，我都還在電視機旁放著一本英文字典，好隨時查閱從外國影集中聽到的生字，因為電視劇裡的對白，往往是最流行的語言。從影集中，你會發現，美國人講話習慣也和我們一樣，會夾雜些外來語（通常是法語）。

很多華人羞於當眾查字典，尤其是一群華人在一起時，但千萬別忘了「不恥下問」，這可是成功的祕訣。

有位高中同學，英文考試每次都拿九十八分，她的母親

又恰巧是學校的英文老師，同學們在嫉妒心作祟下，紛紛搬出「遺傳說」或是惡毒的「洩題說」。當時我也難免有些不平衡，但我告訴自己：「只要認真念，我就不相信會輸給她！」結果我努力衝刺，真的超越了她，也戰勝了自己。

學習新的事物總會經歷不同的階段，以英文來說，更有所謂的高原期和平原期。你不能期望剛起步就馬上成功，英文實力必須靠長期不斷地累積，累積到某種程度後，就會一下子爆發出來，也就是達到高原期，之後則進入穩健成長的平原期，學習曲線呈現的是階梯形。學英文不能急，必須踏實打好基礎，才有成功的一天。

高中時，在一個偶然的機會下，我展現了英文功力，才讓自己真正了解自己的程度。

有一天教育局的督學來訪，挑中我們這一班做英文教學觀摩，因為沒有事先通知，所以無法預先演練一遍，蕭老師完全依照平日的習慣上課。也許是督學想驗收教學方式的成果，他出乎意外地徵求自願的同學開口說一段英文。全班頓時鴉雀無聲，沒有任何動靜，而我也和其他同學一樣怯於發言，平時不敢，此時更不用說。但當我瞧見台上的蕭老師一臉尷尬的表情時，我想到自己從她那裡學到這麼多東西，她又是那麼認真的好老師，可是在她需要的時候，全班五十個學生，卻沒有一個人願意幫她，想到此我就覺得好慚愧。突然之間，不知哪來的

勇氣，害羞的我竟然舉手了。站起來之後，我因為緊張所以很快速地就把話講完了，坐下之後，仍然不敢相信剛才舉手的人就是我，老師和班上的同學想必也很訝異。督學稱讚我發音很好，講得也很流利，我卻覺得很奇怪，不明白自己的英文怎麼突然變得這麼好？連那位一直考九十八分的同學都不敢講，而我卻開口了。

不是忘記了，是沒準備好

雖然，平日培養英文實力很重要，但事前未做充分準備，一樣難逃失敗的命運。

像我第一次參加英文演講比賽，便遭到三振出局。

自從那次在督學面前的表現受到肯定後，就有同學提名我，代表班上參加英文演講比賽，雖然心中難掩興奮之情，但仍非常緊張，我告訴自己一定要盡全力。

擬好演講稿後，我就開始猛背，但比賽的前一天晚上，忘了設鬧鐘，而失去賽前最後一次完整複習的機會。

我永遠記得那天的景象：我一個人站在操場的升旗台上，講著講著，突然忘詞了，面對台下全校師生注視的眼光，我呆住了，怎麼也想不起來，停頓了至少一分鐘，等我回過神來繼續演講時，我知道我完了，前三名是無望了。結果我真的名落

孫山，雖說早有預感，心情還是很難過。從這件事我體會到一個道理，那就是：要達到目標，就必須做好周全準備，準備得越充分越有把握，有十足的把握才會有信心，有絕對的信心才不會出錯，不出錯，成功就是你的。

謹記這次失敗的教訓，我在心中立下一個堅定的信念：全力以赴不後悔。盡自己最大的能力去做事，就算最後真的失敗，至少也不會有遺憾。

考上政大心理系後，在一次全校性的英文演講比賽中，我出乎眾人意料地拿到冠軍。這個第一名對我來說意義重大，不但洗刷了高中時因忘詞而敗北的恥辱，實踐了凡事全力以赴的承諾，也證明了自己的能力。後來我又代表學校遠赴高雄，參加全台的英文演講比賽。那次，我借住在舅舅家，賽前最後一晚，仍舊卯足全力背稿、面對一大片稻田演講。結果，雖然不能摘下冠軍，只獲得第二名，但我沒有遺憾。

英文，讓我建立了自信心，也改變了我的人生路：從心理系轉到新聞系，考進台視，申請到美國哥倫比亞大學留學，採訪東西德、蘇聯、伊拉克……因為具備不錯的英文能力，我才有辦法完成這些目標。

PART
2

檢視自己，
讓英文學習不歪樓

動機是什麼？問問自己為何要學英文

　　很多人學不好某些東西，通常都會產生抗拒的心理，進而在行為上排斥學習。像數學學不好的人，就會強詞奪理：「我又不用微積分買菜，學數學做什麼？」給自己找「合理化」的藉口。

學英文，才能知己知彼

　　好多年前，至少在我學英文的時候，如果唱歌夾雜幾句英文，那是多麼大逆不道的事情，「華人學英文幹嘛？」我就曾經因此而挨罵。

　　現在如果學不好英文，也一定會有人為自己找「合理化」的理由，不過，可能不會再用「華人學英文幹嘛？」這麼老套的藉口了。

　　新的說法是：「二十一世紀是華人的世紀，到處都是華人，學英文幹嘛？以後大家都學中文了！」很好玩吧！

　　我覺得有一個「進化」原則是不會變的：我就算要統治你，也要懂你的語言，否則怎麼統治你？我們不能因為華人強勢，

就不學英文。其實，英文也只是一種工具而已。我想法國人最「嘔」的一件事，應該就是沒想到：世界上的共同語言，竟然會變成英文。

以我常出國的經驗發現，在國外講英文，沒有人會去聽你講得標不標準，人家聽得懂就回答你，才不會管你是哪裡人，英文講得有多棒，還是有多爛？ Who cares ！

我學英文的動機有很大一部分是因為父親，他是一位醫生，刻苦學習的精神對我有很大的影響。當我念北一女的時候，他曾經問我：「妳認為妳的長處是什麼？每個人都要有一個長處，才會出色，妳覺得呢？」我說：「我覺得我的英文發音還不錯。」他說：「好，那妳就要好好學英文。不要只是把它當成課堂當中的一個科目，妳要努力讓它變成妳的最強項，這樣子才能夠贏過別人。」

後來想想真的很有道理，自信心往往來自於獨特的強項。演講的時候，很多學生問我：「要怎麼建立自信？」我說：「你要有一個強項，那個強項不一定是英文，可能是數學，可能是畫畫，可能是收集車子，也可能是電玩，然後把它做到最好，變成你的長處，當你有了自信以後，再把觸角伸到別的地方。」

中英文夾雜，老外也傻眼

舉我媽媽為例，她是典型的「大中華主義者」。你知道她的大中華主義到了什麼地步嗎？她覺得所有的「阿寶仔」都有三種特性：一是他們都很臭，身上有怪味；其次是沒有進化，全身都是毛；第三就是他們都很窮。因為我小時候有一位親戚的女兒嫁到美國，對方是軍人，剛去的時候好像是因為宿舍還沒準備好，有些行李只好寄放在火車站。這個消息傳回台灣，不得了了！我媽媽就這樣把它掛在嘴上，一講就講了幾十年。

在那個時代，許多台灣女孩子都喜歡嫁給外國人，像我媽媽那樣大中華主義者當然是嗤之以鼻了。不過，她有沒有因此而不想學英文？沒有！這一點我非常敬佩她。

我在美國念書時，爸爸、媽媽來看我，我媽媽雖然是第一次出國，也抽空去上了幾堂英文課。老師教 ice cream（冰淇淋），她就把 ice 記成「愛死」，cream 她早就會講，日本話也有嘛！此外，她還學會了說 pizza，因為她很喜歡吃披薩。

同時，我觀察她在美國半個月期間，從來不會因為自己是華人而不講英文或是不敢講。相反地，她能講英文就講，還笑嘻嘻的，跟任何人都可以溝通，外國人也覺得她很有趣。雖然他們不知道她在說什麼，卻都懂她的意思。甚至有時候外國人還會愣在原地，覺得自己很丟臉，怎麼眼前這位 lady 的「英

文」那麼溜，可是他們卻不懂。

其實，我媽媽講的英文，是十句中文夾雜一個英文單字。有一次，我陪她去紐約一家義大利餐廳買 pizza，她就用「英文」對侍者說：「我要那個 pizza，加⋯⋯」我說：「媽，人家聽不懂啦！」但是很奇怪，侍者很快就端著我媽媽要的那一盤 pizza 走過來。她很得意地看著我：「誰說聽不懂？他不是拿給我了嗎？」

我真的完全被打敗，後來想想，可能是因為紐約很多外來的人，他們的英文大多不是很標準，所以店家習慣了。第二個原因可能是，我媽媽頭髮是棕色的，看起來很洋派，所以人家也許認為，聽不懂是不是因為自己英文不標準，反而不敢質疑她？總之，這證明了，只要敢開口就對了！

多懂一種語言，行遍天下無難事

又有一次，我們準備從美國去巴哈馬玩，因為我拿的是學生簽證，必須先去辦 visa、加蓋一個章。要進去移民局之前，每個人都要做安全檢查。當時我媽媽的皮包裡放了一把摺疊式的小刀，是用來路上方便切水果的。結果移民局的官員表示：「No！No！」不讓她進去，我媽媽卻一直說：「有什麼關係！」一個用中文，一個用英文，兩個人磨了半天，可是我覺

得他們完全對得上。於是乎，我只好一個人先進去，讓她在外面等。等我出來，卻看到她在吃 pizza。

我問她怎麼會有 pizza 吃？她說去買的。我又問她在哪裡買？原來她用「英文」問老外：「pizza 在哪裡買？」人家指給她看，她就跑去買了。

我媽還告訴我：「這些外國人實在很傷腦筋，問路還問我這個外國人！」我不解：「怎麼了？」她說有幾個外國人向她問路，她就用比的。我說：「妳聽不懂，怎麼給人家亂比？」我媽媽回答得很妙：「來這裡一定是辦簽證的嘛！我看妳剛剛往那邊去，就指那個方向。」我聽了快笑死了，沒想到對方還猛向她說「Thank you」呢！

我媽媽可以算是「天才老媽」那一型的人，她並不會因為英文講不好而覺得丟臉，可是你問我，她是不是大中華主義者？是啊！她真的覺得那些「阿寶仔」沒錢、很可憐，她的觀念就是那樣，但是，她並不會因此而拒絕學老外的語言。她在美國的那段日子過得非常開心，甚至還不想回台灣呢！

不過她也讓我知道，自信是學英文最重要的一件事。敢開口，即使是中英文夾雜，人家還是可以聽懂的！語言是用來溝通的，只要能把意思傳達過去，那就達到效果了，發音倒是不用太緊張，畢竟那並非我們的母語。

TIPS 求人不如求己，生活當中需要許多輔助工具，多一樣「英文」也很好。我媽媽的例子說明了一件事：隨時隨地想吃 pizza 都沒有問題！

如何戰勝半途而廢？

國中時第一次上英文課，老師在台上講課，我在台下卻一直想著：她為什麼講那麼快？害我連抄都來不及。上完課了，老師說下一堂要考試，我以為這是正常的教法，結果考完，覺得自己考得好爛哦！心裡很沮喪，怎麼別人會，我卻不會。

下課以後，有一位同學跑來告訴我：「妳不知道啊，暑假時我們都已經上過 ABC 了。」我聽了之後非常高興，原來同學們事先已補習，我並不是那麼笨。也就是從那一刻我告訴自己，大家都有機會提前學英文，我起步遲了，更要趕緊努力才行。

認清自己的惰性，才不易半途而廢

剛開始學英文，有人告訴我要背字典，我覺得太容易了，買那種薄薄的小字典，一頁的量並不多，只要專心一點，一下子就能背完了。但當時有一位牧師提醒我：「妳不要貪心，一天能記三個字就好。」我暗自偷笑：一天豈只三個字，我至少可以記十個單字以上。

不過人都是有惰性的，到了第二天，我心裡就想：「沒有關係，昨天我背了十個字，已經有三天的『配額』，今天、明天都可以休息，到時候再背就行了。」就是抱著這種心態，最後都忘了哪一天該背單字。於是，背單字的計畫就這麼無疾而終。

所以說，學英文首重恆心，切忌半途而廢。一天背三個單字的好處是什麼？不是不相信你擁有背五個單字的能力，而是因為學英文就要每天接觸它。有沒有恆心跟懂不懂英文是兩回事，但是，我可以打包票，如果你沒有恆心，英文也不用學了。

規定自己「量化」

如果你沒有恆心，那麼先把學英文「量化」好了。千萬不要發現今天的單字很容易，就多背它兩個；明天的比較難，乾脆就跳過去。我們先不要去想什麼「遊戲規則」，只要自己想清楚一天要背幾個單字。三個或四個？三個，OK！就堅持、死忠、貫徹到底。

我在美國哥倫比亞大學修「國際關係」時，每一堂課我一定是坐第一排或第二排；每一堂課，我也一定會問一個或兩個問題。我的同學都認為我對上課非常有興趣，事實剛好相反。但是為什麼我要這樣做呢？答案是：「強迫自己。」

因為，問問題才會知道問題在哪裡；為了要問問題，才會逼自己study；而且外國老師對你有印象之後，分數才會給得高。怎麼樣才會分數高？還是要問問題。

其實我的個性很害羞，再加上自己的英文程度比不上其他同學，根本不敢問問題。後來也是強迫自己：「就算再差，一堂課兩小時，一定要問一個問題，這是『配額』，不可以少！」時間一到，老師問：「Any question?」我就會告訴自己：「要趕快問，否則『配額不足』。」

為了要問問題，每次上課我就變得相當緊張，好像有什麼事沒做一樣，很討厭。最後我索性在老師問「Any question」之前，就先把問題給問了。問掉了，我才覺得「問心無愧」，因為我問過了嘛！

「習慣化」是學好英文的關鍵

懂得「量化」之後，接著便是「習慣化」。我先舉一個例子。當初沒有人知道我不喜歡游泳，但包括跟我很親密的親友在內，他們都以為我喜歡游泳。因為時間一到，我一定會去游泳，天大的事也無法讓我動搖。既然我一點兒都不喜歡游泳，為什麼又要游呢？原因很多，讓身體健康、有體力工作……反正結論就是我要游泳。可是我真的不喜歡游泳，怎麼辦？就像

學英文一樣，我把游泳給「量化」了。

　　我強迫自己每天要游一次，一次三十分鐘，久而久之便成為習慣。只是，就算時間到了我還有體力，打死我也不肯再游。然而，我曾試著做到「量化」，卻沒有做到「習慣化」，時而早上去，時而中午去，時而晚上去。後來，我就固定早上游泳。八點半，請公司的同事叫我起床，起床後，第一件事先看電視讓頭腦清醒，但九點以前一定要去游泳，游完了再回來，準備上班。

TIPS 很多人學英文，不管是背單字，或是會話，都會想太多、計畫太多，可是到最後都做不到。

我建議用以下兩點原則，絕對有效——先「量化」再「習慣化」。例如：利用起床後、喝咖啡的時間背單字，習慣之後，到了那個時間，沒有背單字，咖啡喝起來就不是滋味了。

一定要學 KK 音標嗎？

說出來不怕大家笑，我學過標準的 KK 音標，也用過注音符號和國字來「念英文」。

我到現在還記得，book 我是寫成「不可」，yesterday 則是一半注意、一半國字，「耶死ㄊㄜㄅㄟˋ」。不過，這種「一半注音、一半國字」的日子沒有超過三個禮拜，後來我就努力去學 KK 音標了。Why？

沒有 KK 音標的時候，你只是自然學習法，很難分清楚 [æ]、[ɛ]、[ɑ]，然後譬如說 Eat[i] 跟 It[ɪ]，有音標就能很快區分，熟了之後就會知道什麼字加在一起該怎麼念。

懶得用中文註解，乾脆學 KK 音標

其實，當時「驅使」我去學 KK 音標的動力，是我太「懶」了，因為中文字的筆畫實在太多了。

我記得一位英文老師說得很有道理：「你看老美多厲害啊！幾個字母拼湊起來就是一個單字，我們中文卻要寫那麼久。」說得也是，book，只要寫 b-o-o-k，中文卻要寫「不可」，這樣

寫很累，也沒有效果，還是老實一點兒學 KK 音標。這就是我當時的想法。

學 KK 音標，我覺得必須掌握一些口訣。例如，〔æ〕是蝴蝶結的〔æ〕；〔i〕比〔I〕多一點，所以是長音；〔e〕的筆畫拖著長尾巴，是長音。諸如此類，看到音標的形狀，可以幫助我們記憶，比較容易記得住。

KK 音標有一套發音訣竅

其實，英文中每個字它大概會發什麼音，都有一個邏輯規則可循，也就是英文所謂的「音形學」（graphemis）。

舉例來說，單音節的字母中，在〔a〕之後若緊接一個子音，且此子音為最後一字，遇到這樣的組合，通常這個〔a〕都是發〔æ〕的音，如 cap〔kæp〕。如果，把這些規則背下來之後，看到一個新的單字，縱使不知道它的意思，大概也可以念得出來。像 apple，你應該能夠猜出來它是念〔æpl〕，但是未必知道它是「蘋果」。

一般來說，國中一年級上學期，老師就會教 KK 音標，這是最基本的東西。不過，現在好像老師都會省略，因為國小要升國中的暑假，學生們都會先跑去補習班學 KK 音標，在學校上課老師反而不教，或是草草帶過。這對於那些沒有上補習班

的同學來說就很吃虧。因為基礎沒打好，容易受到挫折，而失去學英文的興趣。

牙牙學語善用錄音

我並不鼓勵大家上補習班學 KK 音標，這樣你就會問我，老師如果不教該怎麼辦？怎麼才能學好 KK 音標呢？我的答案很老套：下工夫。

就像我在美國念書的時候，當地同學一天念書兩個小時，我就要念六個小時。Why ？因為我的英文比較差，看書的速度慢。所以，我常常鼓勵自己一句話：「笨鳥先飛。」為什麼笨鳥要先飛？第一，牠可能飛得比較慢；第二，牠可能會飛錯方向，所以要花比較多的時間。

學英文最好的方法就是不斷地念出聲，學 KK 音標更是要每天念。如果你怕自己發音不對，可以用錄音把自己的發音錄下來，再去聽正確的發音，然後慢慢地、一個字一個字地矯正自己的發音。

學 KK 音標其實就是要練習發音。我覺得可以分為四個步驟來練習發音。首先，要把音標念得正確；其次，要把二十六個字母和音標結合；接著是單字與音標的結合；最後才是念完整的句子。

碰到生字,養成查字典的習慣

當然,學習 KK 音標的同時,也要多背單字,單字的量多了,發音的機會自然也多。一開始碰到不會念的單字,一定要勤查字典,把音標寫在單字下面,念久了,熟練了,就不用寫音標了,或是只要寫主要的母音即可。

有的人也許會說,一個單字會念,連成句子就念不出來。其實,這種情形就像珍珠項鍊一樣。

一顆顆珍珠擺在那裡,看起來會很亂、不連貫,必須有方法來整理。什麼方法呢?方法就是用針和線把它串起來,不就變成很漂亮的珍珠項鍊嗎?

念英文句子是比念單字難,想要說完整、漂亮的英文,可以利用唱英文歌來練習。我會在後面的章節,繼續和大家討論。

TIPS 學習 KK 音標,越 K 它才會越標準。

發音不準？文法不對？開口就對了

很多人怕自己的英文發音不準，「說」了會被笑話，所以才不敢開口。

其實，你跟老外講英文，他們才不去管你的發音準不準，聽得懂就 OK！會笑你的人，反而是華人。

我在美國的時候，就經常聽別人在背後罵：某某人來美國那麼久了，英文還講得那麼爛，真丟人。然而，我覺得華人「打擊」華人，這才是丟人的事情。

還有人是因為聽不懂別人的意思，所以才無法開口。不過我的經驗卻是，雖然聽得懂，還是不太敢講。問題到底在哪裡呢？

強迫自己用英文思考

當初我在美國念書時，覺得自己的英文已經很不錯了，但是有時候面對老美，仍然會有不知該如何開口的窘境。

例如，幾個同學一起去吃飯，我想吃海鮮燴飯，腦子裡已經浮現出海鮮燴飯的中文了，可是想了半天，就是不知道它的

英文該怎麼講。因此，不敢開口講英文，除了聽不懂之外，另一個主要因素就是不知道該怎麼講。

我建議大家要先有心理建設：第一個階段盡量放大膽子，即使用中文思考，然後「翻譯」講出口也沒關係。再來就是強迫自己用英文思考的邏輯，脫口說出英文。如果你不用英文去思考，英文講得再標準也不會進步。

舉例來說：中文的「今天天氣很好，我們出去玩」，翻成英文：「Today we have a nice weather，let's go to play.」這是明顯的「中文式英文」。

正確的講法應該是：It's a beautiful day, do you want to go out? Let's go to the park.

因為以老外的思考方式，他們不會說「我們去玩」，玩什麼？他們沒有這樣的用法，要去哪裡玩就明講。例如：Let's go shopping. 或 Let's go to the movie.

我剛開始播《雅琴看世界》（The View with Catherine Chang）節目的時候，第一集因為是一鼓作氣講得很快，所以沒什麼問題。但到了第二集、第三集的時候，我開始覺得腦子跟不上嘴巴，我的腦子很流利，但嘴巴不夠流利。一個原因是我不太習慣那個字幕機，平常中文播報我幾乎不看字幕機。另外一個原因是我疏於練習，這幾年來除了一些國際的採訪，大部分時間我使用的都是中文。於是我想到一些簡單的作法看能不

能改進。

　　首先，我開始在家裡講英文，我就跟小孩說：「我要跟你們講英文，這樣你們可以進步，我也可以 practice。」結果我女兒說：「哦，好的，那從現在開始我就不跟妳講話了。」但我還是繼續跟他們講英文，他們就用中文回答，其實我女兒在香港念大學，英文是沒有問題的，只是使用英文多少還是需要轉換，所以大多數人都會直覺想抗拒。

　　兒子剛考上大學，「妳是說……嗎？」他會用中文跟我討論，我一開始會更正，後來也覺得沒有關係，有次他跟我說：「媽，我的英文沒有妳好。」他一直覺得考試的時候英文是個敗筆。我說：「怎麼可能呢？基因是會遺傳的啊！我記得你小時候講英文很流利耶！」我其實是騙他的，因為學英文自信很重要啊！他就說：「是嗎？可是我現在英文都講不好。」我說：「那是因為你太久沒講了。」過了一個禮拜之後，我聽到他在跟人家打電動的時候講英文了。我說：「你的英文發音不錯哦！怎麼會突然講英文？」他說：「沒辦法，因為軟體是英文的，我在教同學怎麼使用，所以要念那個英文給人家聽。」我說：「你看，你講就對了，不要怕嘛！」

　　再來是工作環境，我發現我用中文播報了一個小時的晚間新聞後，腦袋吸收了大量的資訊，之後轉換到英文播報的時候，就會被卡住，所以我也開始跟工作人員講英文，一開始每

個人都瞪大眼睛看著我，我就說：「一起學英文啊！這是多難得的機會！」他們還以為我在開玩笑，我就說：「Really!」然後用各自的英文名字稱呼，一開始他們多半都很害羞，不怎麼回答，可是到後來，你會發現漸漸開始有互動。攝影師我也一樣鼓勵他們，有次我說：「Can you move the camera higher?」攝影師完全沒有動作，「Can you move it higher?」然後看著他，這時他才發現我是對他說話，就問：「我？」我就說：「對。」後來他們也都慢慢習慣了。我覺得這就是營造一種學習的環境與感覺，強迫自己習慣用英文思考。

隨著播報的集數增加，我也說得越來越流利了，甚至還有觀眾留言鼓勵我，說我進步好快。英文是「practice makes perfect」，這是我的印證，請一定要相信我，你也可以做到！真的，即使一天十分鐘，很快就能看到進步。

了解文化差異

有一點很重要，你如果想知道一句話外國人怎麼講，你就要先去了解他們的文化，搞清楚他們跟我們的文化差距，這樣英文才會進步。

我們都以為香港人的英文很棒，其實他們的底子很差。我在香港 TVBS 工作兩年，發現大部分香港人的英文根本是「痲

麻地」，而且，很多人講的都是「廣式英文」，英文夾雜著廣東話，卻都只是單字，而不是完整的句子。

例如：「我現在 on duty。」你看，「on duty」，把英文當成廣東話來講，多麼不標準啊！不要以為待在香港英文就會進步，我還怕會退步呢！

了解東西方文化差異後，接下來你可以自己「虛擬實境」一番，再實地演練。越是怕開口的人，越要開口，尤其是跟老外在一起的時候，更要把握機會。你如果怕有些關鍵字（key word）講不出來，正好可以問他們，免費的老師誰不要呢？只是，在發問的時候，你需要努力想一些形容詞去描述自己的問題。

像我很喜歡吃酪梨（avocado），可是這個字很怪，我老是記不起來。怎麼辦呢？沒關係，當我要買酪梨的時候，我可以想一大堆的字眼，形容給別人聽。好比：Excuse me. Do you know this kind of fruit? It's green. It looks like……就是這樣講啊！然後老外朋友也會講出很多水果的名字給我選，講到 avocado，我就知道了。在這種情境下學來的英文，通常就不太會忘詞。

岩石上的威士忌

再來，你知道「番茄醬」的英文該怎麼說嗎？大家的第

一個反應一定是 tomato sauce。可是你在美國餐廳講 tomato sauce，服務生恐怕聽不懂，因為他們幾乎都講 catchup。

另外，在餐廳裡，如果你的耳朵夠尖，聽到「I wanna some whiskey on the rocks.」在岩石上的威士忌？這是最新品牌的威士忌嗎？才不是呢！on the rocks 是片語，意思是「加冰塊」，所以這句英文應該翻譯成「我要加冰塊的威士忌」。

告訴你這些，你也許會調侃我：「哦！張雅琴，妳是酒鬼！」其實，這個片語是我在飛機上學來的，原本我也不會，那是鄰座一位老外跟空姐要飲料喝，我聽到「偷」學的。所以呢，你應該慶幸自己講的英文人家聽不懂，這樣才有機會學到新東西。

有一個笑話，某甲學游泳，但是他老不下水，老師叫他下，他說：「等我學會游泳之後再下水。」問題是：不下水怎麼學游泳？同樣的道理，你不開口，怎麼講英文呢？

TIPS 每天提醒自己，講英文時，即使再簡單的一句話，也不要用單字帶過。
例如：Let's go shopping. 千萬別說 go ！

過程 **5**

把說英文當成一場表演秀

我想先說說自己學英文「愛現」的糗事，希望幫大家壯壯膽子。

前面曾經提過，我高一上學期的英文老師蕭盛雪，她的教學方法相當先進，完全用英文授課，課堂上從不講中文。當然，一開始我們上課都很吃力，幾乎都聽不懂，後來還為此發生一些不愉快的事。不過，我的英文程度卻也是在這個階段奠下基礎。

「英文日」躲貓貓

那時候，禮拜三是北一女的小週末，下午會提早下課，蕭盛雪老師規定我們：「學英文要有環境，妳們可以把禮拜三當作『英文日』。」藉此訓練我們的英文會話能力。

我的 partner 是田田，一遇到禮拜三的「英文日」，我跟她在前一天就會先約好，第二天見面都不能講中文，只能講英文。結果後來我就發現「我們盡量不要碰面」，因為見面根本講不出什麼話來。不過，我們彼此都是愛面子的人，這個功課

又是老師規定的，誰也開不了口說不玩了，只好改玩「捉迷藏」的遊戲。後來我們也慢慢習慣完全用英文交談，但仍是有一句、沒一句的，講得不是很標準。

有一回，我們兩個走在重慶南路上，邊走還邊講英文，突然一位走在我們前面、年約五十歲的先生回過頭來罵道：「華人講什麼英文？洋腔洋調的。」令我們感到相當尷尬，現在偶爾回想起來「自我反省」，還會懷疑，究竟是不是因為那時候我的英文太爛，才會讓人「聽」不下去？

不過這些練習還是為我們打下了不少基礎，她現在住在加拿大，是取得執照的建築師，旅居國外工作又專業，英文當然非常流利。偶爾她回台灣我們聚會的時候，回想起這段學英文的往事，還是津津樂道哪！

英文演講台上發愣

高二的時候，我曾經代表班上參加全校的英文演講比賽，當時也不知道為什麼，我竟然搞不清楚到底是哪一天要比賽。直到前一天才有好心人提醒我，我於是趕緊找一篇《讀者文摘》的文章來背。

正式比賽開始，一聽其他人「開口」，我的心就安了一半，因為我的發音比其他人標準。輪到我上場，才講了第一句話，

全場立即肅靜，我知道自己占了「優勢」。不過，講啊講啊，我突然忘詞了，就愣在台上，足足有一分多鐘，真是很尷尬！後來草草結束下台，我也覺得十分懊惱。當評審宣布入圍名單時，我還期待會聽到我的名字，因為我自認「發音」是所有參賽者中最為標準的，只可惜，我真的因為忘詞名落孫山。

其實，那時候學英文的「心態」，你可以說我們很認真，也可以說我們很無聊、愛現，但當時年輕的我，就是想讓自己與眾不同嘛！像我會把小本子寫得密密麻麻，上面全是英文單字，然後，一下公車就開始背單字。心裡感覺到整個公車上的人都在看我，好像人家看著我，就覺得自己很棒。

我媽媽就曾經看過我寫滿英文單字的小本子，還問我要幹嘛，搞什麼把戲。我告訴她是要拿去公車上看的，她還說了我一頓：「有那麼多時間看電視，不去 K 英文，偏偏要在公車上背單字，把眼睛都看壞了！」

可是，那時候我一上公車精神就來了，好像念英文不是為了自己，而是專門要給別人看的。現在重提當年「勇」，除了自己覺得好笑之外，恐怕連讀者也會認為我當時的想法實在是非常幼稚。

不過，學生時期，我若是沒有那股衝勁和傻勁，現在要我衝，也沒勁了。

過程 6

讓自己成為英文活字典

記得我讀大學的時候，曾經有同學告訴我一個故事：一位在美國念書的中國留學生，死背字典的功夫非常厲害。你若問他一個英文單字，他一翻字典就翻到了，八九不離十。因為他在中國讀的是外語學校，每個人又都覺得只有會英文才能出人頭地，所以大家 K 英文 K 得很厲害，當然也包括背字典。

你也可以變成活字典

我的個性是不信邪的，一聽到這個「神話」，馬上就問自己：「哦，是真的嗎？我能不能像他一樣？」另外有一位學長則鼓勵我：「妳如果把整本字典都背熟了，什麼字在哪裡，大概也差不多知道，隨便翻一翻都不會太離譜。」

這個故事給了我一個「刺激」，後來我也如法炮製：一天背一頁字典，而且，看到不太懂或是背不起來的單字，就畫線，加強記憶。爾後，每當我看英文報紙或是雜誌，遇到不認識的單字，我都會查字典。如果看見哪個單字是畫過線的，我就會很懊惱，「明明是畫過線、查過的，怎麼會給忘記了、記

不住呢？」

所以，第一次我會畫藍線，第二次則改畫紅線，表示這個單字我已經念過兩次了。但是，如果再讓我看到第三次，我一定非把它背下來不可。

嚴格來說，背字典時碰到生字一定要畫線，這樣才可以幫助自己加深印象。只要一見到新的單字就立即查字典、畫線，如此每天做，自己也可以變成活字典。

以我的經驗來說，一天背一頁字典，一邊背單字，一邊查字典，兩相交替。然後我發現，自己也可以做到一翻字典，就差不多翻到我要找的字，前後不會相差三頁。

但是現在我就沒有辦法，因為後來自己變懶了，沒有持續下去。以前我還經常跟同學玩查字典的比賽呢！還是奉勸大家，背字典也是要每天下工夫的。

大一下學期我轉到新聞系之後，遇上了一個來自中國的學弟張建國。他最大的本事就是，查字典幾乎可以百發百中。我曾經問他：「聽說你查字典非常快？一翻就可以翻到？聽說你背字典？」他怎麼回答我忘了，大致上是「在我們那個語文學校裡都是……」他給我的印象是英文很棒，發音非常標準，屬於「苦讀出身者」。

背字典不妨搞點花樣

說到苦讀，背字典不是光看而已，還要創造學習環境，持續用心去做。例如，查字典、背單字的時候，背的部分固然重要，念的部分也不能疏忽。

像 about 這個字，你除了記它是 a-b-o-u-t 之外，也要去念它，並且熟記用法，如 be about to-V 或是 be about V-ing 等，就連例句也要背熟……這才能算完整的「字典學習法」。

不過，說實說，光背字典還滿枯燥的，不妨來點「花樣」。你可以用任何方式、在任何環境下背單字。譬如，聽英文歌、看 CNN、看報紙或雜誌等。但是，如果你不去記它，空有英文環境還是沒有什麼效果，只不過會「自我陶醉」。聽多了，你只是覺得英文變得比較順耳而已，對自己英文程度的提升卻非常有限。

我相信自己現在的英文程度已經沒有以前那麼好，所以打算恢復背字典的習慣。以前我也沒有把整本字典背完，大概只背了一半而已，但是，因為我經常看報紙、看雜誌，查生字的機會也就相對增加，認識的英文字彙自然多了。

我建議，大家可以去買 size 大小容易攜帶的字典，字體不要太小，免得看起來不舒服。也不必擔心太粗淺、不夠深入，你只是背單字而已，能夠把它背完就阿彌陀佛了！

背單字、背字典是死工夫，沒什麼捷徑可走，只有一個「勤」字。有時間就要看，當然，最好是每天都擬定進度，一天背一頁字典，就是一頁，不要因為遇到剛開始比較簡單，就多背幾頁；接下去變難了，改成三天背一頁，一曝十寒是不行的。

　　以前沒有手機，所以我有一本小本子寫滿了單字，坐公車的時候就拿出來背。那本本子我到現在都還留著，進入社會後複習單字的機會不多，主要是為了激勵自己，告訴自己：「妳看看，密密麻麻這麼多英文單字，妳以前多認真啊，現在真的不能還給老師。」這樣自我激勵。

　　播報《雅琴看世界》的時候，裡面有些單字我真的沒學過，即使每天對稿子的時間都很緊湊，但我還是會 google 它，然後把它記在手機裡，每天一兩個或兩三個，譬如 charter flight，我們在講兩岸包機的時候，或者可以叫 regular flight，什麼叫做撤僑……我都會把它記下來，持續學習才能有進步。我對自己的要求是，用過就要吸收成為自己腦袋裡的資料庫，不要浪費每一次學習的機會。

TIPS 找一些小卡片，把你認為重要的，或是你喜歡的英文單字寫上去。每一張卡片不要超過五個字，並加註中文、音標，這就是所謂「御林軍」——精銳部隊，用來保護你的。

記得，等男女朋友、等公車、等客戶時，一有空檔，就可以請出「御林軍」來聯絡感情。用這種方法來背英文單字，更能加深印象。

創造學習英文的環境

你是不是也常聽到一種論調：只要把你丟到美國去，一兩年後，英文自然就能夠講得「嘎嘎叫」、very good，根本不需要念書、背單字。我覺得這種觀念並不正確，不信？我舉個例子。

讓你的生活完全「美」化

有些人去美國念書或移民，從來不跟鄰居打招呼，卻專找華人聊天；他們從來不看老美的肥皂劇，只看台灣和香港的連續劇、電影；他們也不吃漢堡和薯條，卻想著燒餅油條加豆漿；他們不要《The New York Times》，只看中文的《世界日報》；他們不講 ABC，開口就是國台語……

其實，即使你去美國留學，即使你的同學都是美國人，你一定還是會有華人的朋友；你會去找附近的中國餐廳、找 Chinatown、看看哪裡有賣《世界日報》……這是人類的天性。

我要說的是，縱然身在美國，也必須創造英文的學習環境。否則，看電視可以學英文，那麼你留在台灣看 CNN 就好

了，又何必遠渡重洋？如何創造學習英文的環境呢？答案是：
「打入老外的生活圈！」

像我剛到美國哥倫比亞大學念書的時候，也自認英文一定會進步，其實不然。最初我住在紐約郊區的白石鎮（White Stone），從 White Stone 到哥大，要先開十分鐘的車到地鐵站，然後搭七號地鐵到 42 街的 Time Square（時報廣場），再轉搭三號地鐵，最後再換搭一號地鐵，一趟車程下來，大概要花一個小時。

我的房東是香港人，平常我們都是用國語或廣東話溝通，他又習慣每天都要看一看 31 台「世界電視」所報導的有關香港及台灣的新聞。

Chinatown 容易讓你的英文退化

我講了這麼多，無非是要強調環境的重要性。像我每天上下課，都有房東接送到地鐵站，對話用中文。搭乘地鐵時，所有在紐約待過的人都知道，為了自己生命財產的安全，在地鐵內不只要當啞吧，還要裝得又兇又酷，萬一有人想跟你聊天，就得狠狠地瞪他一眼。因此，除了上課之外，我幾乎都沒有任何講英文的機會。

我曾經嘗試參加同學的 party，但是時間都太晚了，再加

上紐約晚上的治安不好，去了一、兩次我就覺得太危險，回家都還得麻煩房東來接我，真的是滿離譜的。因為這樣，我的成績並不太好，paper（報告）交出去都是滿堂紅，被教授改得亂七八糟，有一堂課甚至得了個 C。我痛定思痛，決定只專心做一件事，首先得先學好英文。我把華人電視台 part-time 的主播工作給辭了，也搬家了，因為住在那裡講中文的機會太多，而且變得有些與外界脫節，彷彿不是身在美國，英文反而退步了。

Party Animal

第二學期開始，我搬進了 I House（International House）。這是一家飯店型的國際學舍，裡面住的都是外籍學生。我只要走幾條街（blocks）就到學校了。

I House 裡面有幾百個房間，但是不大，每個房間大概只能放一張床、一張桌子，衛浴設備是共用。此外，還有醫療室、圖書館、雜貨店，甚至有 pub。比起一般的學校宿舍好多了，因為學校宿舍與外界隔絕，I House 則不會。

我還記得我住的是六樓六〇三室，這一層樓有男有女，是我特別申請，因為不想再住類似尼姑學校的環境。

搬進了 I House 之後，我就開始努力念書了，也參加了不少 party。本來我不怎麼喜歡參加 party，但樓下就是 pub，平常

就有很多學生會去打發時間，每個星期又都舉辦舞會，很多同學邀請我去。幾次之後，我也樂在其中，甚至還贏得了「party animal」的封號，意思是說我很會玩。

在美國社交活動一多，講英文的機會也多，進步就很快，為了要創造一個更完整的英文學習環境，我自己也用了許多方法。

首先，我經常看電視，但絕不看「世界電視」（雖然我曾在那裡 part-time 賺錢），因為它有台灣的新聞，看了之後就會想東想西，有時候還會想，這個新聞如果是我去採訪，會變成怎麼樣。事實上，多想無益，只有浪費時間。

其次，我也不看中文報紙，因為越看就會越想台灣，也會想回家，這樣書不但讀不好，還會掉入「中文陷阱」中不可自拔。

我後來認識了一些年輕的主播，也曾經在國外念過書，但很可惜他們的英文並沒有想像中的好。如果到國外念書卻還是存在中文的環境裡，那就很難進步。尤其現在海外留學的台灣人和中國人太多了，走到哪裡都是講中文，學好英文更艱困，但這也更證明了，學英文不一定要出國，一切都還是取決在自己的心態。

TIPS 如果你在台灣想創造自己的英文學習環境，我建議，首先要把書房布置成全是「英文」的感覺。如掛一些世界地圖、貼幾張海報（外國人或外國風景）、放幾部大堆頭的百科全書、桌上擺英文字典等等，這是象徵意義。

接著呢，多看英文雜誌，也把 CNN、ICRT 先設定好，只要一開電視或收音機，傳來的聲音就是英文。起碼要先做到這一個，OK！

有聽沒有懂？聽久了自然會懂？

　　記不記得「嫦娥奔月」的故事？小時候老師總是說，因為后羿太殘暴，嫦娥才會偷走他的長生不老藥，一吃就飛到月亮上去了，留給我們一個十分浪漫的美夢。

　　有一年中秋節，當時我正在編輯台上整理即將播出的電視新聞，空檔時，我也說了自編「嫦娥奔月」的故事：「因為后羿有外遇，嫦娥一氣之下就跑了。」

　　在一旁的導播一聽便問我：「真的嗎？」

　　我又改口說：「不對！真正的版本是，嫦娥紅杏出牆了，后羿無法解釋她去了哪裡，只好對外宣布她奔月了！」

　　「對！」那位導播好像比較喜歡這樣的故事。

　　沒想到這個話題又引來坐在我旁邊的編輯，她也好奇地問我：「張姐，這是誰告訴妳的版本？」

　　「我自己編的啦！」我實在不忍心再繼續編故事了。

　　我的想像力非常豐富吧！如果我說我這個「腦筋急轉彎」的本事，是以前練習聽英文訓練出來的，大家信不信？我可不是隨便說說的哦！

光聽是不夠的

　　以前練習英文聽力，人家講了一大串，我才聽懂一、兩個字，為了怕在同學面前漏氣，只好裝成聽得懂，結果當然是自己瞎掰解釋。

　　有一回就鬧了個大笑話，我們幾個北一女的同學一起聽ICRT。還記得我聽到的「內容」是：一位美國代表到歐洲一家醫院訪問，相談甚歡。實際上卻是美國代表去談判交換人質，結果談判破裂。當時我們還討論得煞有其事，真的很「假仙」。多年以後，我在廣播上聽到 hostage（人質），我才想起來當年把 hostage 聽成 hospital（醫院），牛頭不對馬嘴，自己也忍不住哈哈大笑。

　　你是不是也曾面臨這種情況：只知道外國人在講話，但一句也沒聽懂。怎麼辦？以前你的老師是不是也這麼說：「沒關係，聽久了就會懂。」但是我心裡卻這麼想：「我根本不知道他們在說什麼，怎麼懂他的意思呢？」所以，我覺得與其老是消極地告訴自己「沒關係啦，多聽就會懂」，這是不夠的，倒不如實際採取積極的行動——把它錄下來。

keyword 練習法

你可以利用 ICRT 來練習，隨便錄一段新聞報導，然後試著把它寫下來；再來就是跟著念，直到熟練為止。也許有的人會說：「聽不懂，怎麼把它寫下來？」一開始聽不懂是必然的，但是你可以找外國老師或外國朋友幫忙，再不然可以找英文程度比較好的朋友幫你。如果這兩種朋友你都沒有，只好自己「動手」，先試著聽一些 keyword。

掌握 keyword 的關鍵是勤查字典，這雖然是最笨的方法，但也是最有效的方式。例如「go to work」，不確定是不是 work，可以查查發音相似的 war（戰爭），或是 wall（牆壁），先想想看中文的意思，再想想看合不合邏輯，慢慢地訓練，一定有助於聽力。萬一真的找不到 keyword 也沒有關係，下次遇到英文程度好的人，再放給對方聽，請對方解答。

跟著 ICRT 念出聲

另外我要奉勸大家，一定要勤加練習，不可以偷懶。我以前不要說是 ICRT 聽不懂，國中時，同學們都聽《空中英文教室》，節目一開始會播放音樂，只要一聽到那個音樂，我的胃就開始痛起來，真是莫大的壓力。因為大家都聽，不聽覺得自

己不用功,聽了又有很大的挫折感。後來聽 ICRT 也是如此。

不過,我會替自己塑造「環境」,一打開收音機就是 ICRT,讓自己沉浸在英文的世界。我曾經有過一整年的時間都沒有收聽中文廣播的紀錄。

在學習英文的過程中,或多或少會有人提供你各式各樣的「偏方」。有人說要怎麼背單字,又要怎麼寫作文……五花八門。我認為只要選擇一種你認為最好的方法即可,不要管別人怎麼說。像我隨著 ICRT 學發音時,同學們也曾經說過:「妳聽的 ICRT 又不是 conversation,念完了也沒有用,不會進步。」然而,我自己的體認是,這種方法對日後的 conversation 滿有幫助的。怎麼說呢?

因為,英文說得不流利的人,講英文會有咬到舌頭的感覺,說起英文就會順利多多。不信?你試看看囉!

ICRT 是我以前的方式,現在你可以聽 CNN 播報,習慣了 CNN 講話的速度,說起英文就會順利多了,不管坐在車上還是走路,用耳機聽都很方便。如果不想這麼嚴肅,也可以聽劇,電視或電影裡都有大量的對白,如果你先看過一遍,知道大概劇情再聽對白,句子就會進到你的腦袋裡。

舉個例子,我看過韓劇《男朋友》,很喜歡裡面的一首歌,歌詞中夾雜著一段劇裡的對白。戴著耳機聽久了,有天突然發現自己竟然聽得懂那段對白,甚至還能在日常生活運用上幾

句，英文學習也可以這樣自然而然，沒有壓力。

TIPS 你可以錄下 ICRT 的一則新聞、一段廣告，或是你喜歡的
主持人說的一席話。一次聽不懂，沒關係，聽個二十、
三十遍總會聽懂。
此外，你還可以把自己說的英文錄下來，再仔細聽 ICRT
主持人的發音、語調的抑揚頓挫和自己有什麼不一樣。

看不懂，就是進步的時候

在學習英文的過程中，你會不會因為英文考試老是不及格，信心大受影響，學習意願也就越來越低落，最後沮喪得只好宣布放棄？

這時該怎麼辦呢？

枕頭下的小抄

讓我先講一個我父親當醫生的故事。

我的老家在山東，祖母原本是地主，後來共產黨來了，她被整得很慘，有一次連臀部都被打得全部瘀血，根本無法走路。那個年代又沒什麼醫生，我父親只有十多歲，大家只好用最土的方法：把鐵棍燒得通紅，再拿來搓揉瘀血的部位——這也就是所謂的放血。

你可以想像那會有多痛，可是沒辦法，不放血的話，祖母的傷勢會更嚴重、更痛。從那時候，我父親就下定決心要當醫生。

不過，當醫生哪有那麼容易啊！記得父親曾經告訴我，他在醫學院念書的時候，有一個人體骨頭結構的課程，每一節骨

頭長什麼樣子、骨頭的名稱，都要記得一清二楚，而且還要背英文原文。剛開始時，他根本背不起來，後來想到一個方法：把原文的小抄貼在真的人體骨頭上，然後再把骨頭塞到枕頭下睡覺。

把骨頭塞到枕頭下睡覺幹嘛？難道是嫌枕頭不夠硬嗎？才不是呢！把骨頭塞到枕頭底下睡覺，一定會有「感覺」，晚上睡不著時，就背一背骨頭的原文。萬一背不起來也很方便，手一伸就可以把骨頭拿出來瞧一瞧貼在上面的小抄。譬如說，我父親背到肋骨（rib），想不起來肋骨的原文怎麼拼，就把枕頭底下的肋骨給翻出來，看一看小抄，再摸一摸形狀，增加印象。父親睡覺時都是關著燈，就這樣在黑暗中摸骨頭、背原文，他也練就可以閉著眼睛，用手摸骨頭大、小、長、短，就知道是人體的哪一塊骨頭。

自行培養一批英文「御林軍」

我不知道父親有沒有誇張，但是受到他的影響，我也曾把一些小抄放在枕頭底下。我還記得父親說過：「凡事只要努力去學，沒有什麼不成功。」後來我學習英文時，也牢記這句話。

上國中前因為沒有補習，開學以後英文程度跟不上同學，人家會的我都不會，曾經令我沮喪過好一陣子。經過一學期的

猛 K、死 K、爛 K，才慢慢跟上進度。雖然在社會上工作後，一分耕耘並不一定會有一分收獲。但是學英文的過程，我可以百分之兩百打包票，絕對是一分耕耘，一分收獲。

對於英文老是考不及格、沒信心、想放棄的在學學生，我有兩點建議，一是仍然要強迫自己遵循學校的管道「應付」考試；其次要另起爐灶，多看課外讀物。你可以挑一些像《咆哮山莊》（Wuthering Heights）、《小婦人》（Little Women）、《基度山恩仇記》（The Count of Monte Cristo）之類的小說來看，雖然內容深奧一點，但是故事情節比課本有趣多了，會吸引你一直看下去。遇到生字就把它畫下來，再查字典。另外，故事看多了，有一些文法規則，儘管你可能搞不懂它為什麼要這樣用，久而久之卻能夠幫助你進入狀況。等到老師上課教到了，可收事半功倍之效。

也許你一開始會抱怨：上帝怎麼那麼偏心，我每天苦讀、苦背英文，怎麼都沒有進步？其實，學英文是一種「持續性的革命」，你看到不懂的英文單字，查字典時，你應該要感到高興才對，因為自己馬上就要進步了。

TIPS 放一本字典在枕頭下，每天就寢及起床前翻一翻，能背幾個單字就背幾個。如果能順便記下例句，單字就容易記住了。

因為學不好，想改學其他語言嗎？

　　喜歡倪匡科幻小說的讀者，大概最欽佩他筆下創造的人物「衛斯理」了，因為衛斯理是個語言天才，精通各國語言，連非洲土話都會講，簡直是不可思議。

　　其實，有語言天賦的人，學什麼都行；但沒有語言天賦的人，恐怕連一種語言「英文」都學不好，也因此，很多人會說：英文學不好，乾脆改學法文或日文算了。說的是很容易，問題是，改學其他語言，真的會比英文「容易」嗎？恐怕也未必。

學法文後遺症

　　我自己也有過，又學法文又學日文這樣的經驗。不過，我並不是因為英文學不好才跑去學法文，只是想英文既然會講了，不妨學習法文，這完全是出自於一種好奇的心態。

　　那是我剛考上大學的暑假，利用開學前去上語言補習班，一個星期上兩次課，一期三個月。剛開始上課，我覺得很新鮮，也很有趣。

　　但是我在學習法文的過程中發現：學了法文之後，法文講

得不見得好，然而我的英文卻退步了。Why？原來有些法文和英文的字母雖然相同，但發音卻完全不一樣，老師又是法國人，上課從頭到尾都講法文，我根本聽不懂，回家就只好猛 K 法文。結果，我的英文受到影響，發音開始變了。

自從學了法文，我還發現跟老外講英文已經沒有以前那麼順暢，另外，有些字的發音也沒有以前標準，我開始感到恐慌。那時候我的第一個念頭是放棄法文，不要學了，否則連原本打好的英文基礎也會跟著「遭殃」。

現在回想，我也搞不清楚當時究竟是因為學法文而影響到英文呢？或是因為剛考完聯考，自己在英文方面疏於練習？

沒有壓力，就沒有學習動力

除了法文，我也學過日文哦！那時我已在台視上班，老師是公司裡的同事，一個禮拜上一次課，只要買教材就行了。我也是興高采烈地跑去上課。但只學了一些單字，連五十音都還沒有完全背起來，大概只維持了兩、三個禮拜，我的日文課就無疾而終了。

後來我自己比較學習法文、日文兩種語言的過程，日文學得最爛。學法文時，繳的學費很貴，在那三個月至少還狠狠地 K 了一番，儘管不是學得很好，但也對法文有了些許的概念。

學日文則是在公司學，老師是同事，因為沒什麼壓力，上課時我都在打瞌睡（不是他教得不好）。

此外，我學法文時，是在上大學前，又不需要考試；學日文則是在台視，潛意識中認為自己已經在工作了，沒學好也沒關係。也因此，我認為英文學不好、又想改學其他外語的人，應該先找出自己的問題出在哪裡。

我分析自己外語學不好有幾個原因：

一、我沒有很投入。

二、我沒有不成功便成仁的決心。

三、我缺乏學習環境。

這使得我學習語言非常困難，相信這也是絕大部分人學習英文的障礙。

所以呢，如果有人英文學不好，想改學其他語言，我覺得除非你下決心花更多的努力，否則，英文學不好，學其他的語言也是一樣。更何況，我們在學生階段至少都已接觸英文，有了基礎，放棄既有的基礎，再去學習全新的東西，未必有效。

TIPS 學習語言不要三心二意，就好像談戀愛一樣，對愛情要專一。同時腳踏兩條船，最後的下場可能兩頭落空。

學英文的眼光要放近一點

如果隨便問一個人:「你希望自己的英文能夠學到什麼程度?」我想大部分的人都會這樣回答:「我只要聽、讀、說、寫流利就好了。」這個「願望」聽起來似乎很小,其實已經很不容易,恐怕十個人有九個人都達不到這個目標。

小心英文大餅消化不良

我一開始學英文的時候,根本也沒有想過,要把英文學到什麼樣的地步,只想聽得懂就好。以前我也總以為這只是一個夢想,沒想到如今竟然可以做到,我自己都感到非常欣慰。

常常有人在學英文時,會希望自己以後的英文要怎麼樣、怎麼樣。我建議有心學好英文的人,最好不要先為自己畫一個大餅,免得到時候「吃不下」,反而噎著了。

怎麼說?因為「人」是一種最禁不起挫折的動物,你把目標訂得太高,萬一達不到就會沮喪,一沮喪就會失望,每次一失望就會為自己找藉口,最後就會拒絕學習──game over 啦!

所以,學英文心理建設的第一步,就是從「近」開始:今

天我把這個單字背會了，明天把那個字的發音念對了，按部就班把每一個步驟都做得正確，有一天就會達成目標。

目標訂得太高，容易造成心理負擔

我覺得大家把目標訂得太高，可能是因為看了電影或電視影集中外國人講話，就認為自己講的英文也應該是這樣。結果一開口，完全不是那回事，信心大失，乾脆就不開口了，英文自然學不好，千萬不要有這樣的想法。

當初我學英文，因為對自己沒信心，根本沒有想到有一天我的英文會有多棒。也許是因為這樣，我就把它當作是一種興趣在學習，沒有任何壓力。但有的人可能會問：「妳不是說學英文要有破釜沈舟、不成功便成仁的決心嗎？現在這麼說，豈不是有點矛盾？」

其實，我只是想表達出某種「感覺」：學英文並沒有所謂的「標準」，你只能說這個人的英文講得多好、那個人的英文又講得有多好，但到底好到什麼程度呢？恐怕你也不知道。因為，這根本沒有「標準」可言。這就好比你會說中文，我也會說中文，可是你會跟別人說「張雅琴的中文講得很好」嗎？我想未必。所以呢，頂多我們會說某甲講的英文是加州腔、某乙是紐約腔而已。如果不是我們的英文到了某種地步，根本聽不

出來他們講話到底有沒有腔調，自然也分不出好或壞。

學英文要捨遠求近

有一句話不是說：「人要看遠一點。」我學英文的名言則是：「眼光要放近一點。」

「近一點」最基本的前提是：

一、我的發音到底對不對？

二、我是不是聽得懂？

我們對英文缺乏信心，主要的原因就在於不敢開口，怕自己怪腔怪調。所以，你必須把發音讀正確。關於這一點你可以先把自己講的話錄下來，放出來聽聽看，如果你覺得怪怪的，恐怕得練到「順耳」之後，才算有進步。

在跟別人溝通當中，開口是最重要的，聽不懂你可以請對方講話的速度放慢，重複講幾次，至少也可以聽懂對方想表達的意思。

我在做《雅琴看世界》的時候，因為疫情改變了整個世界的局勢，加上 WHO 的事，所以第一集就想到請衛福部陳時中部長來錄一段英文，對全世界發聲，於是行了公文提出申請。本來覺得阿中部長忙於防疫，沒有抱太大的希望，沒想到過了

一陣子就收到錄好的影像。

　　播出後引起很多討論，因為這是個創舉，過去雖然也有官員講英文，可是很少在新聞片段出現，許多網友看了這一分鐘的畫面都說：「哇！原來阿中部長講英文講得很標準耶！」雖然帶有一點他的風格，但整體是很流利的，後來也有媒體採訪他，他講了一句話讓我很感動，他說他很努力在學英文、很努力去講。

　　因為我的突發奇想，國際媒體也開始發現：「原來他可以講英文哦？」後續又有了許多採訪與視訊等，都是用英文闡述台灣的理念，實在不能不為阿中部長鼓掌。這也是我之前一直強調的，英文就是一種溝通的語言，努力講出來，傳達訊息，這才是最重要的事。

　　雖然，我建議大家不要把學英文的目標訂得太高，但也並不是要大家不要訂目標。你可以把學英文的目標分階段，有近程、中程、遠程的目標。

　　我想遠程的目標，每個人應該是差不多，亦即能用英文聽、讀、說、寫都 no problem，近程跟中程目標，可能就因個人需要而有所不同。

　　有的人可能會說：「我也不知道自己該怎麼訂近程、中程、遠程的目標。」其實，很簡單，先找出自己的問題在哪裡。ICRT 都聽不懂，英文報紙也都看不懂，沒關係；音標會不會

念？不會！也沒有關係。你試著問自己，把所有的「問題」都找出來，然後再對症下藥。

誠實訂出你的近程目標

音標是學英文的基本，所以如果你不會，自然要把它列為「近程目標」的第一項。如果你要在一個月之內學會音標，就把它寫下來，然後開始去做。或者，你覺得自己會的單字太少了，希望一天背三個單字，增加字彙的量，也沒問題，你可以再把它寫在「近程目標」的第二項。就是這樣去做，每一個「目標」都可以細分很多項，等到每一項目標都達成了，就可以「跳級」，近程、中程而至遠程，然後「統一」——聽、讀、說、寫統統 OK。這是我提供給大家「訂目標」的方法。

TIPS 眼光放近，一切從最基礎、不會的開始。

無形卻強大的武器

說出來大家或許不相信，其實，我小時候是一個滿自卑的人。

我的父親是醫生，老來得「女」，家人對我都備加呵護，看在別人眼裡，我應該是一位小公主才對。

可是進了幼稚園之後，突然之間，好像全世界漂亮的小女孩也都前來報到，跟他們一比較，什麼都不會、什麼也都不懂的我，這才發現自己原來一點兒也不出色，很平凡，不禁有被比下去的感覺，這也許就是自卑吧！

從小立志講一口漂亮的英文

從小我就很喜歡看外國電影，什麼《國王與我》《小巨人》，大概小學的時候就看過了。但有的電影沒有中文字幕，我根本看不懂，幾次下來，我就會很想知道他們到底在演些什麼。我想可以這麼說，也許出於自卑心理，小小年紀的我，就已經有想「躲」進電影世界的念頭。

每當我看到電影裡那些美麗的女主角，講一口漂亮的英

文，感覺非常有氣質，我就很想跟她們一樣。所以，當同年齡的女孩子最大的心願是考上北一女時，我卻只是想學好英文，聽起來好像有一點幼稚，不過，這也是我最早想學英文的動機。雖然，我後來也考上北一女啦！

找出自己學英文的動機

提到學英文的動機，你可以找一個最能激發自己上進的理由。例如，留學、進外商公司賺大錢、交一個漂亮的外國女友等等，任何理由都行。

但是，你一定要先想清楚自己究竟要的是什麼，這個時候沒有必要欺騙自己。很多人喜歡自欺欺人。先奉勸你：學英文，你可以對別人說謊，千萬不要對自己說謊。

我在美國念書的時候，動機很簡單，就是想把英文學好，希望找機會跟那些老外辯論。還記得，那時我們班上只有我一個華人，以及一個日本人，在美國同學眼裡，我們這些東方人都是溫吞的，上課坐在角落，不敢開口，也不會爭。雖然他們不至於會歧視東方人，但有些人的態度很跩，我就受不了他們那種樣子。

當時，我心裡想：「我是付學費來念書，又不是來移民的，當然要享受和當地人一樣的福利，幹嘛要矮人一截呢？」不

過，他們總以為你是來投靠他們，吃他們的、住他們的，以後還要占他們的工作缺。雖然他們嘴巴不說，但是你還是可以感覺出一種「敵意」。所以，我那時候就一直告訴自己，把英文學好，然後可以跟老外辯論、跟他們吵架，書念完了就走人，才不要賴在美國，我也不稀罕！

每天接觸英文，武功才不會自廢

現在我的英文能力一定比在美國念書的時候退步，為了怕武功退步得「太離譜」，我強迫自己每天要看 CNN。以前我剛跑新聞時，希望把英文學好，為的是能夠出國採訪。像後來我去伊拉克及東西德採訪，目標都達成了。現在就是希望能在播報新聞時，把最新的國際資訊「無時差」「無障礙」地同步口譯給電視觀眾。這不是要炫耀我的英文有多棒，而是大勢所趨。

一個新聞主播如果英文不好，無法聽懂對方的意思，或是不能在第一時間理解，會很吃虧的。像「白曉燕案」主犯陳進興劫持南非武官一家人時，透過他與電視台主播的對談，全國觀眾應該也都看到了，主播不但要會說國語、台語，英文也不可或缺，是不是？

今天已經是國際村的時代，任何資訊進來，一定用英文。即使優越感很強的法國人不屑說英文，但是當各國記者都聚集

在法國，有一件很重要的事情要向全世界同步宣布，法國人還是會用英文，因為英文已被公認是最普及的工具。如果記者的英文不好，還要透過翻譯，想想看新聞會慢多少？

　　我們現在播報新聞，常常會有突發事件，馬上就會切入衛星連線，對方通常講英文，主播就必須透過耳機，直接把聽到的訊息翻譯出來給觀眾知道。我不是說每個主播都要這樣，但是我對自己的要求是：「沒有時差」「沒有障礙」地去做報導，這樣才是新聞。這也是現階段激勵我學會英文的最大動機。

TIPS 把你最想要的東西，寫在一個牌子上，然後貼在你每天都看得到的地方，對著它講英文。

　　　　你有喜歡的明星可以貼上他（她）的海報，然後試著和他（她）以英文對話。

PART 3

就算身在國內，
也能學好英文

聽廣播：如何聽懂 ICRT ？

我國中開始接觸 ICRT 的時候，完全聽不懂；上了高中，好像就有一些英文單字「跑」出來；到了大一，我的英文程度雖然不錯了，大概也只能聽懂一半。或許你會問我：「張雅琴，妳什麼時候才完全聽懂 ICRT ？」我可以告訴大家，我出國念書回來，就完全聽得懂 ICRT 了。

聽 ICRT 全年無休

我並不是要強調非得出國留學才能聽懂 ICRT，不過我要「重申」，不管是學習英文或是純粹想聽懂 ICRT，「創造環境」相當重要。

現在我主要聽的是 CNN，我在沒有事情的時候，家裡的電視常常是開著的，當然我也會有其他休閒的時候，不過還是會抽空維持著收聽 CNN 的習慣。

我學生時期聽 ICRT 是很自然的事，因為其他電台的節目似乎有一點老派，沒有任何競爭力。所以，朋友們都會覺得 ICRT 是最棒的、最時髦的、最好聽的，不聽 ICRT 好像就落伍

了。我記得那時候還捧出了一位非常紅的黑人 DJ，叫作史巨柏（Patrick Steele）。他為什麼會那麼紅呢？原因很簡單，學生晚上念書時都聽 ICRT 嘛！

還有一位我特別想提的，是位名叫 David Wang 的主持人，他的英文發音非常標準，他說他是苦學出來的，也是非常難得可以在 ICRT 主持節目的台灣人，不過很可惜的是，很年輕就因病過世了，否則未來大有可為，實在令人感到遺憾惋惜。

現在的廣播電台也像有線電視一樣，已經進入戰國時代，各種五花八門的節目任君選擇。就因為選擇性增多了，如果還要你去聽 ICRT，恐怕非常困難，除非你比別人有更大的毅力。

雖然，ICRT 是一個很好的英文學習環境，不過，你不能說今天聽個五分鐘的 ICRT 之後，立刻轉台到「飛碟電台」去聽光禹；或者在家裡聽 ICRT，上車聽其他電台。這是不行的，要像 7-11 一樣，二十四小時、全年無休。

像我自己為了聽 ICRT 學英文，整整一年沒有聽國語廣播。所以，我要給大家一個忠告，如果你要學好英文、聽懂 ICRT，就請你「犧牲」某些喜歡的節目，然後把你的客廳、臥室、書房、車子，或是手機，只要是能聽到廣播的「工具」，都請你把它全部鎖定在 ICRT，全部！ understand ？在此同時，你還要隨時提醒自己，就算再怎麼厭煩，也要堅持下去！

聽懂 ICRT 先闖四關

如果你已經照著我的方法去「創造環境」，那麼第一關可以說是大功告成。接下來是第二關──試著去熟悉它。

剛開始聽 ICRT，你一定會覺得什麼都聽不懂，但沒有關係，繼續聽。你可以錄下來，然後去查發音相似的單字，這是漸進式的方法。如果你都不查單字，終究還是會聽得懂，只是會比較慢而已。

只要你一直聽，並習慣那種感覺，慢慢地你會發現，有些字會不斷地重複、不斷地出現。例如，「This is 什麼什麼」「什麼什麼 people」「什麼什麼 country」。到了一定程度，你又會發現，有些字好像碑文上的浮雕，會「凸」出來。也就是說，在一串話當中，就算你都不知道說什麼，你也會聽到一些你熟悉的 keyword，因為這些字不斷地重複出現。

第三關，請你將不斷重複聽到的 keyword 記下來，然後去查字典，確實了解它的意思，當你了解字義之後，就可以邁向第四關──那些不斷重複出現的 keyword，大致了解之後，你又會發現，連帶地也認識了其他的重要單字，這些單字湊在一起就變成了句子。

以上四關你都走過了，剩下的就是一直重複練習，直到完全聽懂為止。

TIPS 有的人會問：聽 ICRT 學英文，究竟是要先聽新聞呢？還是先聽其他節目呢？我覺得要一起聽，不「挑食」。

我建議大家把自己當成「海綿」，不管什麼性質的節目都不要排斥，反正到最後都是自己的嘛！

實戰 2

交換身分：和外國朋友交換語言

找一位外國人來「語言交換」，我覺得這是學習英文的必要過程。

為什麼呢？理由有二：

一、聽外國人講的英文比較標準。

二、相互幫忙，不會牽扯到金錢利益。

找個想學中文的老外

我個人也有過幾次語言交換的經驗。

第一次是我考上大學的那個暑假。那時候等著開學沒事做，我就跑到新公園（現在的二二八紀念公園）學跳舞。記得有一天我剛好跟老師學舞劍，旁邊有個外國男生很好奇地跑過來問東問西的，我們老師不會講英文，由我充當翻譯，我們就這樣認識了。

那個外國男生是個美國人，俄亥俄州州立大學的學生，來台灣學中文。我們一起出去過很多次，他很喜歡中華文化。我曾經帶他去華西街算命，他說很好玩。後來，他也跑來跟我們

一起學舞劍。不過,他在台灣待的日子不久,因為他覺得台北空氣不好、「呼吸困難」,大概一個星期後就回美國了。

雖然我們相處的時間很短,但是他對我在英文方面的影響滿大的。我們每次一塊出去時,他都會拿著一份地圖,而我總是會對他說:「Give me the map.」幾次下來之後,他糾正我:「Catherine,妳講話應該更禮貌一些,要說:『Would you mind giving me the map? Please.』」我知道他糾正是為我好,但老實說,當時我有一點受挫的感覺。也因此,現在我講話也常常把「Excuse me」「Thank you」「Please」這些字掛在嘴邊,成了口頭禪了。

要求自己絕不講中文

大一的時候,我又認識了一個外國人,也是語言交換。我們那時候約好,一星期見一次面,吃飯聊天,前面一小時講中文,後面一小時講英文。不過,後來我發現這樣做有困難,因為他的中文程度實在太差了,跟他講話很累。

當時我英文雖然不是頂好,但還可以勉強跟他溝通,可是他的中文很差,這樣變成我英文能力比他的中文能力好,他就感到沮喪。最後他提出要求:「我們可不可以只講中文就好?」也怪我自己偷懶,乾脆都跟他講中文了。其實,他單方面地向

我學中文，也不失去了語言交換的意義嗎？這應該算是一個失敗的例子。

不過，我也有過成功的「語言交換」經驗。

大二時，我認識了一位胖胖的美國女孩，她想學中文，我們交往十分親密，她經常來我家玩，我失戀的時候，她還會安慰我，陪我度過那段傷心的日子。我們除了一星期見一次面之外，只要有活動，她都會找我去。後來她回美國去了，我們就沒再聯絡。

之後，我認識了 Paul Moony，他在 ICRT 上班，也是我讀哥大時的學長。他的老婆是華人，所以他的中文講得很好，根本不用跟我交換語言。只是，有時候跑新聞，他會打電話向我查詢一些事情，我稱這樣的關係為「語言結合工作」。

到哪裡才能找到合適的語言交換？

很多人可能要問，「怎麼找語言交換的對象？」「去哪裡找？」「找男的？還是找女的？」「找剛來台灣的老外，還是找已經來很久的老外？」

你可以到師大語言中心，或是辛亥路上的國際青年活動中心，那裡的布告欄都會有人貼「language exchange」，上面有一些個人基本資料，你可以挑選適合的對象。除了被動去選老外

之外，你也可以主動出擊張貼「告示」，讓別人來選你。

寫「告示」很簡單，就把自己的基本資料填上去，如果想找女性的對象，一定要註明。

找外籍學生最理想

我建議大家，最好找剛來台灣的外國人，而且最好是學生。為什麼？因為學生比較單純。而且，剛來台灣的外國人，對任何事情都覺得很新鮮，比較有話題可聊。如果，你哪天帶他去吃燒餅油條，他還會流露出興奮的神情，沒吃過嘛！

至於找男的或女的，那得看你的動機是什麼。如果純粹是學英文，男女應該都無所謂，但如果是想結交異性朋友，自然要有所選擇。不過，在此要特別提醒女性讀者，有些外國人的「動機」，就是想找女朋友，尤其不少人已在台灣待了好一陣子，搞不好他們的中文說得比你還好，他們還需要語言交換嗎？對於這種人第一次碰面就要小心，最好有人陪伴。如果覺得對方真的「怪怪的」，第二次就不要再去了。學英文固然很重要，但安全更重要，妳說是不是？

現在網路世代，一切都變得方便許多，不用像我當時一樣找人語言交換，現在交朋友可以透過網路使用Facetime等通訊軟體，即使對方遠在瑞典或瑞士，都可能是你的朋友，彼此就

可以有一些 language exchange，這就是一個很好的方式。

上網：和世界用英文來聯繫

電腦和 Internet（網際網路），已經成為現代人「必備的工具」，不論是工作或是娛樂，幾乎都會用得到。

那麼，上網可以學英文嗎？答案當然是肯定的。因為，現在許多國外的資訊網站，都是用英文書寫，甚至連部分的色情網站也都是連接到外國網頁，如果不好好地學英文，恐怕想看一張美女裸照，都會找不到「keyword」哦！

網路聊天強迫自己做立即反應

不過，我不是建議大家在這類的資訊網站學英文，整天對著電腦猛看。不錯，「養眼」的資訊或多或少可以增加一些閱讀能力，但恐怕看不到幾頁，眼睛就會「脫窗」了。倒不如將自己認為有幫助的資料列印出來，仔細研讀，變成自己的資料庫。

我要建議大家上網學英文的部分，是到某些 chat room 去跟外國人 talk talk。也許，你曾經在一些中文網站的「聊天室」跟陌生人打屁過，天南地北想說什麼就說什麼。到國外的 chat room 跟外國人聊天也是一樣，只是改成用英文溝通而已。

這種「網路聊天」學英文的方式，跟看英文報紙、聽 ICRT 是不一樣的。因為看報紙或是聽廣播，只是單向地接收，沒有互動，你不需要看到什麼或是聽到什麼就立即做出反應。「網路聊天」就不同了，除非你只是想純粹做一位旁觀者。不過，你不覺得當旁觀者太無聊了嗎？看人家聊得正起勁，你不會想「插嘴」、發表己見嗎？

另類語言 —— 網路術語

「網路聊天」起碼有幾個優點。首先，英文打字的速度會變快。

其次，英文寫作會變得比較流暢。不過，也有例外，很多人喜歡用特定的「網路術語」，如 BRB，即 Be Right Back——馬上回來，語句就不是那麼地 professional。

也因為大家的用語都已經簡化了，打出來的字彙就像講話一樣，雖然不是漂亮的文章，卻相當口語化，連俚語都會出現。所以，你可以在網路上學到許多講話的詞彙。例如，沒有人會說：「I have got to home.」而是說「Wanna go home.」或直接就「Go home.」

上網練習英文思考

由於是「對話」，別人講完之後就輪到你講了，這才不會「冷場」。當你看著電腦螢幕的英文字一個一個地跳出來，你就要開始去想怎麼回答，也根本沒有多少時間讓你去想，或是先「翻譯」成中文，再「翻譯」成英文，而是「聽到」什麼「說」什麼、「想到」什麼「打」什麼。所以，我認為上網還可以增加英文思考的習慣。

上網的好處多多，一旦迷上它，你就會到處打聽各種網站的資訊。在此，我提供幾個很值得一遊的網站。只要多和國際人士 talk talk，相信你也會成為英文高手。

TIPS 除了面對面或網路上視訊對話，我也不反對用打字溝通，為什麼呢？因為打字會刺激你的腦子，我個人覺得，講話因為太快速了，不一定經過組織，常常是脫口而出。而打字不但可以訓練聽打速度，藉由打字的動作更會刺激思考，就不只是 conversation，不過當然如果目的是練習發音，面對面或視訊說出來還是最好的途徑。

實戰 4

照鏡子：自言自語學英文

在學英文的過程，我們都會想到跟朋友「合作」，比如說我讀北一女時，每個星期三是「英文日」，我跟同班同學田田都會用英文練習 conversation。有的人則可能會想找老外聊天，方法很多。不過，如果你找不到伴練習英文，怎麼辦？自言自語學英文可以嗎？這也未嘗不可，但是要看場合。

照鏡子自我練習

在電影情節中，經常會有男主角向女主角求婚的畫面。通常，男主角都會事先在鏡子前面演練一番：手拿鮮花，再看看領帶打得正不正，頭髮、儀態沒問題之後，才開始自言自語練習求婚的台詞。一次不行，再練兩次、三次，直到完全滿意才敢放心出門。我覺得這就是「自言自語學英文」的最佳模式——在家裡對著鏡子講英文。

為什麼自言自語講英文就得待在家裡？難道不能在公共場合講英文嗎？

沒有人說不可以，只是，我想你或許也有這樣的經驗：走

在馬路上，如果迎面而來的人一邊走路一邊講話，而且只有一個人，恐怕大家都會立即「讓路」，閃得遠遠地。為什麼？你心裡一定會以為對方是瘋子，對不對？所以，如果你不想被當作是一個「講外國話的瘋子」，就請你乖乖地待在家裡自說自話吧！

我第一次面對鏡子講英文，大概是在高中。記得我好像講到一句「I don't think so.」的時候，看到鏡中的我，差點兒驚叫起來，原來我突然發現，怎麼自己的樣子變得那麼醜！嚇得我趕緊改變好幾種音調，又換了許多 pose，才繼續練習講英文。

鏡子越大，信心越多

面對鏡子自言自語，最大的優點是，可以增加講話的自信與權威。

講話其實也有「姿勢」的。有的人習慣兩手插在口袋裡講話，有的人則喜歡雙手緊抱著自己講話，有的人一手插腰講話，另一隻手則在空中比來比去。即使是講英文也是如此，尤其是講不熟悉的語言時，有的人不知如何是好，雙手不曉得該放哪裡，視線也不知道該看誰，最後只好「認罪」——低著頭看自己的雙腳。

如果你也有這樣的「毛病」，那麼不妨先面對著鏡子練習

講英文。最好是大面的穿衣鏡，可以看到整個人。剛開始在鏡中看到自己，會覺得怪怪的，很不自在。一回生二回熟（何況那是你自己），然後，聽聽自己的發音標不標準，再看看「對方」的態度是不是不自然，一直練習到「兩個人」都很自然為止。

我讀哥大的時候，上課前都會先在家「彩排」課堂上要問的問題，也是對著鏡子練習的。你可不要小看，在課堂上站起來問一個問題的動作喔！這還是有學問的呢！因為我老是覺得鏡子裡面的我，看上去總是一副很「遜」的模樣，於是乎就聯想老師一定不喜歡笨學生，認為我不用功，分數也會給得比較少。所以，我就會站在鏡子前面一練再練，只為了在課堂上問問題時，能有好表現，讓老師留下好印象。

一到暑假，哥大有一些大學部的女學生會到研究所來修課，我發現她們都打扮得非常時髦，眉毛刷得很有個性，頭髮是梳側一邊型的，講話好有味道，跟布魯克‧雪德絲年輕時差不多。跟她們一比較，我就感到自己很老土，於是又回家猛照鏡子，不但看看自己的眉毛，也學學她們講話的神態。哇！怎麼味道差那麼多！我就會趕快回想她們是怎麼講的——眼神低低的，頭側向一邊，挑一挑眉毛，我就會跟著有樣學樣。我這樣做不是想讓自己「變美」，而是希望講話時更有自信。

照鏡子才能看到自己的缺點

也許會有人質疑照鏡子講英文的方法，但我仍然堅持自言自語學英文，就一定要面對著鏡子。因為這樣可以看看自己的表情、嘴型對不對，聲音聽起來自不自然、標不標準，這樣才真的對自己有幫助。否則，你也可以躺在床上自言自語學英文，但這只能算是「囈語」，效果有限。

我知道，除了我自己，某些新聞主播也是拿著稿子面對鏡子講話，再修正自己的缺點。例如聲音不夠大聲、講不清楚、坐姿不夠挺等等，都是靠這個方式來自我要求。

TIPS 面對鏡子講話，可以先拿英文書或報紙來念，習慣了之後再試著自己講。
如果你真的想在公共場合自言自語練習英文，請挑選最佳時刻──沒人的時候。祝你好運！

實戰 5

交外國朋友：學習並擁有友誼

以前常常聽人家開玩笑說：「交個外國女朋友，英文一定會進步。」其實未必如此。你可能因為有個外國男、女朋友而英文變好，但為了學英文而成為男、女朋友卻不是必然的結果。就像娶外國老婆或是嫁外國老公一樣，大前提也要「你愛我，我也愛你」吧！不太可能只為了學英文而跟外國人結婚。

不要心存利用

我曾經跟外國男性交往過，不可否認，英文程度是會進步，因為話很多嘛，經常會打電話，生氣時也會吵架，英文自然就變好了。但是我反對為了學英文而與外國異性朋友交往、談戀愛。這樣就好像你今天跟某個女人結婚，卻跟她說：「我只要跟妳生小孩就好。」這種感覺是很奇怪的。

我從哥大念完書回來之後，曾經參加台灣「哥大同學會」的餐會，認識了在 AIT（美國在台協會）工作的蘇利文，後來我們也成了好朋友。他很喜歡中華文化，所以每當國父紀念館有表演，或是哪裡有 show 可以看，他都會打電話約我一起去。

我們一星期都會見個一、兩次面。

　　每次跟蘇利文見面，他都不會把我當成「外國人」，自然他講英文的速度就很快，久而久之我的英文聽力與表達能力都有進步。這種情形跟一般的補習班老師不同。因為補習班老師怕你聽不懂，會遷就你而把講話的速度放慢，直到你聽懂為止。這反而會讓你以為自己進步了，可以聽懂了，其實不然。

　　有一次我跟蘇利文以及他的同事上陽明山玩，當天晚上大家聊天聊得非常盡興，一直聊到凌晨三、四點。可是，後來我覺得很累，不是因為熬夜感到累，而是講英文講得累了。他們都是美國人，又有相同的背景，講起話來非常口語化，速度又快，使得我第一次覺得英文是那麼地難懂。

　　像他們「閒話家常」的內容，不外是：「聽說 Nancy 要回來了。」「對啊，你不知道嗎？」「她不是在密西根州嗎？」……但是我根本不知道他們在說什麼，光是豎起耳朵去聽他們講話的內容就很吃力了，更不用說要加入討論。因為我們平常講的英文都是「慢板」英文，一碰上「正常速度」的英文，真的是會手忙腳亂。但是，多參加這種外國人的聚會，真的是有好處。

　　這幾年，蘇利文和我在 facebook 上又聯絡起來了，他的太太 Julie 我們也都認識，他做過美國在名古屋的駐外代表，也派駐過非洲、法國等地。英文、中文、法文都非常好，他給了我

一個很大的啟發，就是學任何事情都要盡量努力到位，我記得有一次到日本名古屋找他們夫妻，一起到奈良東大寺的時候，因為路程遙遠，我跟他太太走到一半就放棄回飯店了，但他就是堅持全部走完，這種不輕言放棄的態度應該就是他的成功之道吧！

互相學習不必矮人一截

那麼，如果你有外國朋友，怎麼樣讓他幫助你學習英文呢？我覺得不要特別諂媚，也不要刻意擺高姿態。你可以跟對方明講：希望多了解外國文化，也希望自己的英文能更好，對方要是在中文方面有問題，你也很樂意幫忙。先讓對方感受你是以盡地主之誼的方式來對待他，相對地，他也會有幫助你的機會。如果雙方一拍即合，以後再針對兩人都有興趣的主題討論。畢竟，沒有主題的天南地北、風花雪月，這樣的關係很難天長地久。

例如，你們都很喜歡游泳，但不可能天天都一起去游泳吧！你就可以約他每個星期三下午去游泳，然後晚上一起吃飯，喝喝葡萄酒，聊聊天。除了學英文之外，也增進了雙方的情誼，這跟語言交換的情況又不太相同，沒有那麼地公式化。

交外國筆友：對於書寫極有助益

現在要交筆友（pen pal）比以前容易多了，mail 一寄即可回覆，不像以前等郵寄到，對方回信往往好幾個月後了。

說起我交筆友的往事，其實是一樁烏龍事件。

大一的時候，我在中文報紙上的小廣告看到徵求筆友的訊息，上面寫著：「美國男士，想認識東方女孩子……」雖然覺得奇怪，我還是把信寄過去。沒多久收到回信，一看差點沒暈倒，原來他們是「找老婆」，不是找筆友。

那些回信的人都是四、五十歲的老男人，還附寄照片，文筆也十分熱情，強調自己很有錢，有車子、有房子，很想跟台灣女孩交往……反正就是要找老婆就對了。這種信我回過一兩次後，有的我覺得真是太誇張了，後來就沒有再跟對方通信。

交筆友先打草稿

常常有人會問我：「交外國筆友有什麼好處？」其實，交筆友就跟交朋友一樣，差別只是在於筆友藉信件溝通、交談。另外，有些事情你不方便跟親友講，可以跟筆友傾訴，尤其是

外國筆友，反正是外國人嘛，又不會洩密。

　　當然，認識外國筆友，在英文寫作方面一定會有幫助。如果你慎重其事，不可能亂寫一通，反而會怕寫錯被筆友取笑，勢必會勤查字典，或是先問問老師、朋友，甚至還要打草稿。

　　例如，你想告訴外國筆友，中國有句諺語叫作：「三個臭皮匠，勝過一個諸葛亮。」怎麼寫，你一定會去拚命找答案吧！不可能自己編，對不對？上山下海再怎麼曲折，你一定會百折不撓，終於查到「三個臭皮匠，勝過一個諸葛亮」。英文這麼說：「Two heads are better than one.」

　　所以說，我覺得跟外國筆友寫信，著重的是寫信的「過程」，在過程中，除了自己的文筆變得更為流暢之外，詞彙量也會增加。不過，這對會話能力可能沒什麼幫助，因此，最好與「語言交換」搭配。這兩者，一個是間接的通訊接觸，另一個則是直接在言語上、視覺、聽覺上的接觸，交互運用你一定會有很多收穫。

請外國筆友修改你的英文信

　　不過，有的人還是會擔心：「寫信給外國筆友，寫錯了自己也不知道，又沒有人會幫我修改，怎麼辦？」我有一個朋友是這麼做的，他專門找美國的筆友，然後請對方幫忙修正他寫

的信，因此，每次對方回信，除了信件之外，還會寫一張「更正函」。這當然是一個不錯的方法，但大前提是，外國筆友肯這麼做才行。

另外還有一個方法，就是把信拿給老師看，或是找英文比較棒的朋友幫忙修改。但是有的人不喜歡信件被別人看到，你也可以一句一句拆開來寫在紙條上，再拿去問人。

剛開始寫英文信速度一定很慢，久而久之就會習慣，再加上你還要讀對方寫來的信，也可以幫助你用英文思考事情。只是，我覺得不論是交外國筆友或是「語言交換」，都應該抱持結交朋友、多認識外國文化的心態，不要那麼現實。學習英文不是只作為工具，而是一種文化的交換，即使英文很好、文法很好、發音很好，但若完全不了解對方的文化，那也沒有意義。

像我接觸法文跟日文，都是出於想了解對方的文化，譬如說學英文，若是了解聖誕節要做什麼、為什麼要喝蛋酒、感恩節的火雞要怎麼做，學習起來一定更有動機與樂趣。

TIPS 第一次寫信給外國筆友，究竟要寫些什麼呢？很簡單，就是自我介紹。只要稍微簡介個人基本資料，註明自己的興趣，最後再帶上一句「希望可以多了解你和你的國家」「歡迎常常來信」之類的話即可。
接到信件之後，別忘了立即回信，如果一年才寫一封，對學習英文根本沒什麼幫助。

閱讀小說：持續充滿興致與熱情

　　我知道看小說也可以學英文，應該是在讀北一女的時候。北一女有一棟舊樓，當時是我負責打掃的區域。有一天，我突然在倉庫裡發現許多老舊的書籍，包括《小婦人》《咆哮山莊》等圖文故事書，我就好像哥倫布發現新大陸一樣，非常興奮。

藉由有劇情的書籍，引發閱讀興趣

　　那些故事書都是厚厚的原文書，但是內容的字體很大，還有插圖。當時我覺得內容淺顯易懂，生字也不多，滿適合我讀，於是很想看這些書。老師見我愛不釋手，同意我拿回家看，看完再歸還。於是我很高興地一口氣就搬了十幾本回家，不用花錢嘛！

　　原文故事書引發我的興趣後，接下來的階段就是看難度較高的小說。當時我家二樓的鄰居在出版社上班，有一次他問我要不要買原文小說，我想讀小說也不錯，於是把省下的零用錢請他幫我買。記得那時候買的小說，有《基度山恩仇紀》《咆哮山莊》等，還有一本叫作《Emma》，其餘的就是印第安人與

白人的愛情小說。因為內容高潮迭起、文字還算淺顯，我看得很起勁，現在那些書還擺在我的書架上。

猛查字典最掃興，先甘後苦讀小說

看故事書和小說，對學習英文有幫助嗎？答案是肯定的，起碼可以提升你的閱讀興趣和能力，這跟看英文報紙、《Newsweek》《Time》是不一樣的。因為新聞的東西很硬，又有距離感，可能你強迫自己看個兩頁就看不下去了。不信的話，你捫心自問：有沒有哪一次把整本《Time》雜誌都看完？

故事書和小說就不一樣了，它是有情節，有喜、怒、哀、樂，會吸引你一直往下看。剛開始你看見生字，可能還會想要查字典，後來因為急著想知道下一頁的故事發展，大概意思猜一猜就好，先往下看再說。

至於要怎麼看一本故事書或小說呢？我的建議是你必須先讀序（preface）。

通常一本書的架構、人物、情節等，作者都會先在序裡面介紹得非常詳細，看懂了序，你大就可以掌握整本書的脈絡。所以，你必須仔細去看懂它，這時哪怕需要不斷查字典，也一定要把它搞清楚。

看完序之後，接著就可以往下看內容了。讀的時候不需要

每個生字都去查字典，大約知道意思即可。你千萬不要一邊讀還一邊認真地查單字，因為一停頓下來，故事就沒辦法一氣呵成，最後你一定會提不起興趣去讀完整本書。

難道讀課外書就不必查字典嗎？不是的。你可以先把故事內容看不懂的部分圈起來，最後再一起查字典。為什麼要這麼做呢？因為小說都有故事情節，一旦融入故事中，會吸引你一直看下去，讀著讀著，如果你強迫自己查字典，這樣看看停停，讀書的興致全沒了，多掃興啊！

用「先甘後苦」的方式看故事書或小說，最大好處是可以加速英文的閱讀能力；閱讀時只要掌握八成左右的內容，很快就可以看完一本書，多有成就感！剩下的就是生字的問題，只要每次碰到生字，馬上記住，你的字彙增加將不可限量。

TIPS 我建議大家可以先挑一些比較簡單的書來看。例如《咆哮山莊》《小婦人》《苦兒流浪記》《湯姆歷險記》《基度山恩仇記》《雙城記》《孤星淚》等等。
對了，這些書都有許多版本，你不要找原著來看，可以挑選比較淺顯的內容，圖文並茂的那種也行。如果你不喜歡這些書，找一些愛情小說或自己有興趣的書來看也不錯。

上教堂：牧師與《聖經》都能幫你

　　我的父母都是虔誠的基督徒，但是卻很少上教堂，不知是否受到「遺傳」的影響，我同樣是虔誠的基督徒，也不常上教堂。不過，我每天都會讀《聖經》。

參加教會聖經班或會話班，磨練聽說能力

　　在我家大門玄關的鏡子前，我放了《哥林多前書》第十三章〈愛的真諦〉碑文；在壁爐上放的是一本《聖經》；而我最常待的起居室，電視機上方也有《荒漠甘泉》。有時候，我覺得家就像教堂一樣。

　　我第一次受洗是五歲，那時年紀還小，什麼都不懂，人家說我就跟著去了。印象中好像是在一個大池裡，換穿了白袍就走進去，水還滿深的。我去受洗時，爸爸媽媽都不知道，等我回去才告訴媽媽，她還怕我被外國人給拐跑了呢！

　　至於我第一次上教堂跟學英文扯上關係，則是在大一時。那時候，我去的教堂是中山北路的 Assembly Church。牧師和夫人都是外國人，我們都用英文溝通。去 Assembly Church 的都是

大學生比較多，主要是上聖經班。不過，大家的目的大都是為了學英文。

像 Assembly Church 的環境是現成的，都是講英文，所以，對於聽跟說兩方面都有幫助。一般來說，教堂有中文禮拜跟英文禮拜，若是有興趣，你可參加英文禮拜；有的教堂還設有英文會話班，你只要抱著學習的心態去，他們都非常歡迎。

有的人擔心到教會學英文，會被「強迫入教」。放心，這種事情絕對不會發生。像去 Assembly Church 的大學生，真正是教徒的根本沒有幾個。

英文再爛，牧師都會耐心教你

我覺得上教堂最大的好處，就是能夠「面對面」地直接 conversation。牧師會跟你講話，也會聽你講話，而且他們很有耐心，你英文講得再爛也沒關係，牧師會慢慢地教你。我還記得 Assembly Church 的牧師經常會叫我們發表心得，我有不少觀念都是來自他的啟蒙。

例如牧師曾經告訴我，人生要有夢想，如果沒有夢想，什麼事都做不好。也許是看到當時我們年輕人都很迷惘，他有感而發提出這樣的忠告吧！他也批評我們華人都不敢表達自己的意見，常常私下三三兩兩地討論，但卻不敢當著其他人的面講

出來。我後來會強迫自己上課一定要養成問問題的習慣，就是從牧師那裡學來的。

了解《聖經》，有助了解西方文化

如果你上教堂也是單純為了學英文，我建議你不妨換個角度來看教堂文化。因為宗教和《聖經》，在外國人的家庭中有相當的重要性，多了解《聖經》對於學英文，只有好處沒有壞處，更況且《聖經》上的文字非常典雅。因此，如果你不是教徒，也不必刻意排斥，畢竟要牧師不提《聖經》，似乎也強人所難吧！

我最喜歡《聖經：哥林多前書》（Corinthians）第十三章〈愛的真諦〉（Love），在此節錄一段。如果你也喜歡這些文字，也可以當作 TIPS，隨時提醒自己「愛自己，也愛別人」：

「Love is patient, love is kind. It does not envy, it does not boast, it is not proud. It is not rude, it is not self-seeking, it is not easily angered, it keeps no record of wrongs. Love does not delight in evil but rejoices with the truth. It always protects, always trusts, always hopes, always perseveres.

Love never fails, ...And now these three remain: faith, hope and love. But the greatest of these is love.」

「愛是恆久忍耐，又有恩慈；愛是不嫉妒，愛是不自誇、不張狂、不做害羞的事；不求自己的益處、不輕易發怒、不計算人的惡、不喜歡不義、只喜歡真理；凡事包容、凡事相信、凡事盼望、凡直忍耐。愛是不止息……如今常存的有信、有望、有愛，這三樣，其中最大的是愛。」

TIPS 台灣的教會也常常有許多外國人去做禮拜，和他們交流也是練習會話的好機會。

另外許多聖經故事也是學習的好題材，同時可以了解到西方文化，相得益彰。

社團聚會：不設限融入外國人的環境

　　我以前並沒有很刻意地去參加外國人的社團，在哥大念書的時候，倒是去過幾次「壘球社」「橋藝社」這些學校社團。回到台灣之後，比較常接觸的就是「哥大同學會」。雖然大部分都是台灣人，但是也有不少哥大畢業、在台灣工作的外國人加入，因此有機會與外國人見面。

「Toast Master Club」規定會員講英文

　　另外，我想先提台灣的「Toast Master Club」這個組織。這並不是外國人組成的社團，會員大多是台灣人，但每次舉辦演講、聚會時，大家都是講英文，會員上台發表演說，也是使用英文。

　　「Toast Master Club」也可以算是一個語言社團，一個禮拜聚會一次，會員輪流用英文演講，也用英文交談，當然能夠增加自己的英文能力，只不過參加的人是跟台灣人講英文，不是跟外國人講英文。老實說，因為我很懶，所以只參加過一次「Toast Master Club」的聚會。

至於「哥大同學會」，我因為認識在 AIT 工作的蘇利文，還有一些他的朋友，跟他們在一起聊天，才體驗到英文原來應該講的那麼「快」。而且，我也發現，那些在台灣看起來很開心的老外，其實也有不開心的一面。例如，不少洋女婿無法取得台灣居留權，生下來的小孩也沒有辦法取得台灣國籍，造成許多生活上的困擾。

　　由於種種因素，我自己參加外國人社團的經驗不多。印象比較深刻的，反而是在美國念書時，經常加入同學聚會的小圈圈。就是星期六跟著大家一起去吃 pizza，然後到同學家聊天。因為我們修的是國際關係，談論的話題也以國際政治為主。雖然是非正式的討論會，事先還是要做好「家庭作業」，英文能力當然會進步。

加入老外社團，不必自我設限

　　那麼，是不是英文到了一定的程度，才能加入外國人的社團？

　　我認為你不需要自我設限，隨時都可以。基本上，你在台灣加入的任何外國人的社團，那些老外都會講國語，搞不好發音、捲舌還比你我要來得標準呢！他們應該都非常喜歡講國語，所以，即使你跟他們講國語，對方也很樂意。當然，你又

不是要去跟他們講國語，對不對？先用英文，實在無法溝通時，再用國語輔助。

因此，你沒有必要先自我設限，以為自己的英文不行，不能跟外國人溝通，就先投降不參加了。

如果你有興趣加入外國人社團，在台灣除了前面提到的「Toast Master Club」外，可以試試「青商會」「扶輪社」。

其次，你也可以多留意天母美國學校舉辦的活動，或是加入社團、教會所舉辦的各種活動。

現在網路資源發達，有許多免費的報刊可以訂閱，像是《紐約時報》（The New York Times）《經濟學人雜誌》（The Economist）《金融時報》（Financial Times）等，也都是我日常訓練英文閱讀並獲取新知的好幫手。

TIPS 有的人為了想多跟老外接觸，會跑到 pub 去找老外交談，順便學學英文。沒錯，pub 經常會有很多外國人聚在一起，是一個學英文的好地方。但是，基於安全考量，我建議女孩子最好不要單槍匹馬獨自前往，免得容易讓人有過分的聯想。

廣播與有聲教材：該怎麼聽才有效

　　聽到《空中英文教室》，也就一定要提到《今日美語》。我讀國中的時候，這是「雙雄對決」的時代。我記得同學們幾乎都是聽《空中英文教室》，並且買教材來 K。我因為沒有錢買，每當看到同學捧著厚厚的雜誌，心裡就擔心「好可惜，單字一定很多，我都錯過了」。

英文教學，聽懂就賺到了

　　《空中英文教室》和《今日美語》的廣播，一開始都有片頭音樂，緊接著主持人會請大家翻到第幾課、第幾頁，我會因為手邊沒有雜誌而心裡不平衡。由於課業競爭的壓力，一開始我很怕聽到教英文的廣播節目，但是又很想聽，心裡真是矛盾。

　　比較起來，當時我覺得《空中英文教室》太嚴肅了，單字很多，給人的壓力很大。反倒是《今日美語》比較注重 conversation，雖然手邊沒有雜誌，我也可以聽得懂。聽到後來，我自己都感覺「賺」到了，只是不知道《今日美語》碰到我這種不買雜誌的聽眾，會不會太虧了？

現在也很流行一些線上一對一教學的課程，我覺得應該是有不錯的效果，可惜所費不貲。如果你想達到同樣的效果卻沒有預算，我建議可以找個有同樣目標的同學或同事，兩個人每天固定撥出一段時間，硬著頭皮講英文，一定也會進步。

　　我還是強調一定要開口說，甚至自言自語也沒問題，或者拿一篇網路上的文章，印下來照著念，不必太長，多念幾遍以後錄下來，然後自己放出來聽，就會聽出發音的問題在哪裡，自己當自己的小老師，這也是一種不錯的方式。

有聲教材怎麼聽才有效？

　　現在市面上有許多英文教材，如果你想買輔助教材，最好不要找什麼「短短一分鐘給你一大堆單字」的那種，有點兒不切實際；也不要被誇張的廣告「催眠」，以為自己擁有一套，英文會話就進步神速，到最後發現許多「不可能」，你一定會放棄，半途而廢太可惜了；更不要看人家買什麼馬上跟進，結果，張三聽了興高采烈，你卻聽得一頭霧水。

　　要買英文有聲教材時，必須有「想把英文學好的動機」，否則，買回家也沒有用。學生時期，我都是先向同學借來聽，然後再向同學借教材影印自己想吸收的資料。

　　那麼，買來有聲教材，怎麼聽才有幫助？我建議，你可

以先聽，努力去聽，聽完了之後再看教材，就會知道它究竟在講什麼。如果你真的都聽不懂，也可以看教材後再聽。聽懂之後，你也可以拿著教材跟著一起念，訓練自己說英文的速度。

TIPS 回想當初我沒有錢買教材，跟同學借又常借不到，只好努力地聽廣播。我每次都很努力去聽，聽不懂，就想辦法去把它搞懂：查字典、問老師、問英文程度比較好的朋友等等。
回想當初如果我有錢買教材，沒有要馬上還雜誌給別人的壓力，就不會懂得珍惜，恐怕反而學不好。

如何選英文補習班：貨比三家

常常有人好奇我的英文是不是天生就很好？還是後天有什麼學習法寶？

其實，我也是努力換來的，沒有僥倖。大家學英文經歷過的階段，我也經歷過。從不懂英文的菜鳥開始，一路苦讀鑽研，也曾經為了考托福上了短期的補習班，還記得當時考了603分，算是爭氣，甚至被補習班拿來當宣傳招牌。

我是電燈泡翻譯

我第一次上英文補習班，是在剛考上大學的暑假，那時候賦閒在家沒事做，同學們都去學交際舞、學做菜，也有人出國旅遊，我就跑去學法文。不過，那時候我同時也去學英文，可以把經驗跟大家分享。

其實，那時候我的英文發音已經很好，只是想多學點東西。記得我的老師是美國人，滿年輕的，長得又帥，也很愛玩，感覺他好像很喜歡約班上的女同學出去玩。我那時候剛考上大學，仍像個黃毛丫頭，大概是沒有人會喜歡的樣子吧！

印象中最深刻的一件事，就是有一次下課，老師約某位女同學去喝飲料，而那個女生跟我滿熟的，她很害羞，不愛答腔。老師問她：「Do you want to drink something?」我就幫腔：「喝什麼？」老師又問：「要不要喝啤酒？beer.」我那時候覺得喝酒是一件壞事，帶著懷疑的語氣回答：「我是好女孩，怎麼可以喝酒呢？」於是建議老師：「Maybe some tea.」現在回想起來也滿好笑的。

　　最後那位女同學沒有跟老師去喝飲料，我們就只站在街頭上聊天。因為老師想要追她，我也就因此沾光，每次都可以在下課之後跟老師「單獨」conversation 三十分鐘。不過現在回想起來，當時的自己也太天真，學英文和交朋友還是要有分際的啊！

托福著重聽力訓練

　　大學畢業之後，我又上補習班補托福。補托福經常模擬考、背單字，對聽力訓練很有幫助。因為托福考試是放一段錄音，要你聽其中的敘述或對話，然後再做答。所以，比較著重聽力的訓練。但是托福不考 conversation，上課幾乎都是聽老師在講，幾百個人一起上課，就好像聽老師拿著麥克風在表演「脫口秀」。

你上英文補習班想學什麼？

雖然我上補習班當學生的經驗只有這兩次，不過，我還有一次當補習班老師的經驗。

大二的暑假，我看到 YMCA 徵英文老師，也跑去應徵。本來，YMCA 不可能聘用我這個大學生，但是因為我的英文發音很好，又通過 YMCA 的面試及口試，我還把在學校得過演講比賽冠軍的獎狀拿出來「佐證」，所以，YMCA 就破例錄取我了。

記得當時上課的學生，每個人的年紀都比我大，更有阿嬤級的學生。他們看到我，都非常恭敬地叫我「老師」，令我受寵若驚。上課的內容，則是由 YMCA 所編輯的教材。後來因為學校開學，我教了兩個月就沒有到補習班上班了。

目前市場上有許多型態的英文補習班，可能令你無所適從。如果你想去補習班學英文，我的建議是：「貨比三家不吃虧」。首先，看你自己的需求是什麼。是英文寫作？或是英文會話？還是文法？找到目標之後，再去挑補習班。在打聽補習班時，千萬不要被接待人員天花亂墜的說詞沖昏了頭。你可以要求先看教材，也可以要求試聽上課情形，真正滿意之後再付錢。

用英文寫日記或筆記：每日的翻譯練習

　　我念國中時，曾經嘗試用英文寫過日記，我承認寫得很爛。進北一女之後，才又再度開始用英文寫日記，不過，也不是全部都用英文，而是中、英文混合使用。我的方法是，遇到關鍵人物就用英文縮寫代替，關鍵事物也用英文縮寫代替，其他部分，可以用英文就用英文，寫不出來就寫中文。

用英文寫日記不怕被偷看

　　老實說，一開始我並不是完全為了學英文而用英文寫日記，而是怕日記內容被偷看啦！就這樣寫了三年，直到我考上大學，認識一個男朋友，大概只有一個月就分手了，當時心裡很不好受，就對他說：「看到以前寫的日記，我覺得很難過。」沒想到他卻對我說：「兩個人相處，是要看未來，不是看歷史。」他認為我寫日記沒有意義，我當時深受打擊，從此就不再寫日記了。

　　不過，我現在雖然不寫英文日記，卻改用英文記筆記、寫note。

最早用英文寫筆記，是在大一時參加「國際事務研習營」的活動。我記得當時請了很多人來演講，但是都講中文，我在台下記筆記時，則「故意」用英文來寫，一方面是訓練自己翻譯的能力，另一方面也訓練自己寫作的能力。

　　到美國念書，我很慶幸自己曾在台灣用英文寫過筆記，否則真的會跟不上進度。你知道嗎？即使這樣，老師講了十句話，稍一遲疑就忘了，好不容易想起來，下筆時老師已經講下一句了。

訓練自己用英文做筆記

　　當時我對自己的要求是，上課絕對不錄音，因為一錄音，上課就容易懈怠、不專心，會升起「回家再聽就好了」的念頭，這樣不行。因此上課時，我都很努力地寫筆記，但往往只能追上一半左右的進度，很痛苦，還必須跟同學借筆記來抄。這種情形大概過了一學期，才慢慢改善。

　　雖然，用英文做筆記，自己的英文能力會進步，但是我建議，不要全部都用英文，必要時寫幾個中文應急，可以輔助寫作的流暢性，免得想英文想得腦袋卡住了，影響筆記的完整性。

　　例如我在哥大修「統計學」的時候，儘管「統計學」我比較懂，但也無法完全記下老師的話。後來我發現，全部用英文

記筆記的速度實在太慢了，只得調整成中、英文並用，有些關鍵字改用中文寫。自從調整記筆記方式後，上課得心應手，「統計學」成績也很好。後來，有的同學跑來跟我借筆記，借了之後，又抱怨：「Catherine，妳好過分哦，怎麼用中文記筆記？」我還得趕緊多費唇舌解釋。

現在我還是用英文來寫 note，每天本子裡都寫滿了東西。我寫得很簡單，一件事大概不超過五個字或十個字。例如，「at PM 9:00 溫泉 with L.」這就表示我要在晚上九點要和 L 去洗溫泉，L 就是我的朋友，為了不讓別人知道，便用 L 代替。再來，有的時候我會寫「ME」「SP」，都是有特別的意思。

「ME」不是「我」，而是 movie；「SP」則是 shopping，諸如此類。

TIPS 我覺得大家都可以試試用英文做筆記。你可以挑一堂課來練習，老師講中文，你再用英文做筆記。上班族也可以挑開會的時候練習，但千萬要斟酌情況，不要誤了「大事」。

讀英文新聞：迅速學習時事英文

英文新聞我推薦中央社，有免費的 App 可以下載，可以藉由時事學英文，豐富又有趣。

英文新聞首頁必讀

我讀英文新聞的心得是：漫畫和體育版最難懂。漫畫的英文有很多縮寫，又很口語話，常常因為看不懂，無法抓到作者的幽默感。我曾經看過一幅漫畫，單字都查遍了，也看過三遍，還是不知所云。至於體育，可能沒有運動細胞，我是完全不懂的。

通常，我是這麼看英文新聞的：首頁我全部都看，因為第一頁刊載重大的國內外的新聞。整版我都會看，然後把所有不懂的單字及 keyword 都查清楚，最後再仔細看一遍。

另外我會告訴自己，一定要先把首頁看完，「不要等一下再看」，因為「等一下」通常都已經是明天了。「強迫」自己看完首頁之後，我會再要求自己「忍耐」一下，把其他 pages 的標題也看完，才算「大功告成」。

我在哥大念書時，那時只有報紙可看，我看得比在台灣勤快。通常一天要看三份報紙：《The Wall Street Journal》《The New York Times》《USA Today》。為什麼我要看三份報紙？因為這三份報紙的屬性都不同。《The Wall Street Journal》偏重財經；《The New York Times》善於政論、評論；《USA Today》走向比較生活化、娛樂化。

看英文報紙時，《The Wall Street Journal》我一定會看完第一頁；《The New York Times》我會強迫自己全部看完，因為它有很多 local（當地）的新聞，我住在紐約嘛，當然想知道這個城市發生的事情。至於《USA Today》，因為圖片多，易讀，我把它當作是生活中的消遣。這些報紙都很便宜，當時每份約美金五十分（50 cents）或七十五分（75 cents）。上學途中買了三份報紙，課餘時間除了跟同學聊天，就是看報紙，一天看完三份不成問題。

英文雜誌《People》不可不讀

至於雜誌，目前台灣看《Time》或是《Newsweek》的讀者較多，但是，我認為這兩本雜誌的內容比較生硬，如果想藉雜誌學英文，很容易看不下去。我建議要看雜誌，可以從

《People》著手，電子版也很容易找到。

《People》的內容，以人物為主，圖片多，編排上也不會密密麻麻。由於寫的多半是形形色色的人物，比較吸引人，也不會給人壓力。我曾經在飛機上花了不到一個半小時的時間，就把一整本《People》看完。

《People》字裡行間的人物都很有意思，不僅在不知不覺之間就看完一篇報導，還會想往下看呢！這麼說，你不要以為《People》的文章都是軟性的，事實上，它也有硬性的文章。反正現在《People》已經沒有中文版了，那麼就直接看英文版吧！

除了《People》，另外還有一本八卦雜誌《Star》值得一提。這本雜誌的人物報導跟《People》差不多，但是更生活化。像是介紹名人的減肥祕方、某某女星跟老公分財產、某某女星每天吃什麼等等。這些題材你也可以在茶餘飯後「大嘴巴」口譯給朋友。

閱讀外國人的八卦雜誌除了有趣，還有許多日常用語出現，像「How sexy you are ！」（妳好性感啊！）、「One Night Stand」（一夜情），不少日常用語都可以從八卦雜誌中學到。

Local 新聞可學日常用語

另外，我覺得在台灣看英文報紙，也要多看一些本地的

local 新聞，否則有些本土性的用詞、用語反而不會。例如「拔河」的英文怎麼說？ put the river 嗎？當然不是，應該是 tug-of-war。

我主持的《雅琴看世界》就是全英文，甚至連手板也是英文，也推薦給大家作為學英文的一種途徑。我的開場都是和國內新聞有關的，比如說武漢肺炎、中國對台灣的施壓，同時也有國際媒體的新聞報導，或者網路新聞也都含括，讓觀點更為全面。

TIPS 找一份能引起你興趣的報紙或雜誌，比找一份你認為有用的報紙或雜誌有效。

唱英文歌曲：在輕鬆娛樂中學習

「你的英文可能講得不好，但是英文歌卻可以唱得很棒。」

你相信這個說法嗎？我相信。像我在香港住過兩年，廣東話雖然講得「麻麻地」，唱起廣東歌卻頗有「廣東味」。不信的話，有機會再唱歌給大家聽。

唱歌學一口漂亮的英文

每次人家問我學英文的技巧，我百分之兩百會強調，除了背字典之外，最有效的方法就是唱歌學英文。

到底唱歌學英文的好處在哪裡呢？我覺得最重要的是，唱歌能夠增加學習的興趣，同時，唱歌也可以矯正發音。即使你不懂歌詞，還是可以學，跟著唱，發音會很漂亮。

有一次我和同學去 pub，突然聽到有人在唱張惠妹的〈聽海〉，我心想這又不是 KTV，怎麼會有人唱〈聽海〉？後來才發現，原來是舞台上樂隊的老外唱的，他們不會中文，可是發音卻非常標準。

在此，我挑選了幾首我最喜歡的英文歌，你也不妨邊唱邊

學英文。

1.〈I Don't Like To Sleep Alone〉：

這首「孤枕難眠」，是我進北一女所學的第一首英文歌。
記得我們小女生唱這首歌時，好像是一首「禁歌」，大概因為
歌詞照字面解釋，「你不要走，留下來陪我，我不要一個人睡
覺。」所以感覺滿那個的。

「I don't like to sleep alone, stay with me don't go. Talk with
me for just a while. So much of you to get to know......」

這首歌詞唱起來還押韻，很好記。唱歌，你總不希望拿著
歌詞照唱，那多遜啊！所以，唱啊，唱啊，你就會把歌詞給記
住了，連帶地單字也會了。

2.〈Lead Me On〉：

「I have often heard you say you love me as a friend. But I love
you more than anyone. You know I can't pretend no longer. I would
give you anything, I'd throw my world anyway. But you don't want to
hear that anymore. Than you want to hear me say. Come on and lead
me on......」

「我常聽你說，你對我的愛僅止於朋友，但我愛你甚於任
何人。我再也無法偽裝，我願為你付出一切、拋棄所有，但你

卻充耳不聞……」

當初喜歡這首歌，是因為旋律很美，聽起來有一些傷感，學的時候不曉得歌詞，事後看了很感動。現在我去 KTV 都會點這首歌，人家都不曉得我為什麼會點這種老掉牙的歌。

3.〈**You Need Me**〉：

「I cry a tear, you wiped it dry. I was confused, you cleared my mind. I sold my soul, you bought it back for me. And help me up, and gave me dignity. Somehow you needed me.」

「我哭泣，你幫我拭去眼淚；我困惑，你給我指引；我出賣靈魂，你幫我贖回；你幫助我找回自尊及自信，你需要我。」

這首歌一直強調「你需要我」，其實，歌詞裡的「你需要我」講的是反話，應該是「我需要你」，而且很怕失去生命中這個最重要的人。

4.〈**Killing Me Softly With His Song**〉：

「Strumming my pain with his fingers. Singing my life with his words, killing me softly with his song. Killing me softly with his song......」

上大學之後，認識我的人都知道〈Killing Me Softly With His Song〉是我的一○一首歌。這是具有黑人靈魂味道的歌曲，

唱歌時，會有慵懶、性感、很不在乎的感覺，而且旋律很好聽，所以才會成為我第一〇一首歌曲。

5.〈Sometimes When We Touch〉：

「You ask me if I love you, and I choke on my reply. I'd rather hurt you honestly, than mislead you with a lie. For who am I to judge you, on what you say or do. I'm only just beginning to see the real you. And sometimes when we touch, the honesty's to much......」

我在大二時參加過一次舞會，有位男孩請我跳舞，當時就是放這首歌。

有一回念書，從收音機聽到這首歌，就下苦功練唱了。看了歌詞之後，我才知道這不是普通的情歌，但是我一直不太懂歌詞的意思，甚至我去哥大時，還把它拿去問同學，可惜他們也說不出個所以然。

我記得那位男同學跟我跳舞時曾說，他很喜歡這首歌，他也覺得我們跳舞的感覺跟歌詞的意境非常像。我十分納悶，他究竟是什麼意思？雖然我們認識的時間短暫，事後我還是會在意：當時他到底喜不喜歡我？

或許如同這首歌的意境所敘：「你問我是否愛你，我一時無言，我寧可誠實傷你，也不願以謊誤你；我如何能評斷你？真實的你才剛顯現，當我們相處，誠實似顯多餘……」

現在回想起來，那可是非常大膽的明示，還好當時的我聽不懂。

其他像是〈Sometimes When We Touch〉〈Without You〉也是我非常喜愛，到現在還常聽的英文歌曲，另外還有一首老歌〈I Will Survive〉，也常在我沮喪時讓我重振心情。

TIPS 唱歌學英文，你會努力模仿原唱者，因此可以藉機矯正發音，還有字與字及句子與句子的連音。

看英文影片：很有效的聽讀練習

　　我母親懷我六、七個月的時候，跑去看電影《梁山伯祝英台》，因為人太多了，只好坐第一排，散場回家後脖子整整兩天不能動。我父母親都很喜歡看電影，大概是「胎教」的關係，我從小就很喜歡看電影。現在碰到休假在家，我可以一整天都看電影，也不會感覺疲累。

你記得電影中的對白嗎？

　　有一些片子，儘管我看過很多遍，還是非常喜歡，像是瑪麗蓮夢露主演的《七年之癢》（The Seven Year Itch）、《大江東去》（River Of No Return）、《巴士站》（Bus Stop）；其他像《亂世佳人》（Gone With The Wind）、《漢諾瓦街》（Hanover Street）、《魂斷藍橋》（Waterloo Bridge），內容我都記得很清楚。當然啦，二十世紀最賣座，大家也有同感的《鐵達尼號》（The Titanic）我看了兩遍，而且還想看第三遍呢！

　　但如以「歷久不衰」來說，《亂世佳人》當然是經典。在片中女主角郝思嘉最後說了一句：「I will think about it tomorrow.」真是酷斃了。她和男主角白瑞德經過那麼多的風雨波折，最後白瑞德還是離開她，可是她並沒有像一般的劇情哭得死去活來，而是「留待明天再說吧」，太帥了！

用膠帶把電影字幕遮住

話說回來，你上電影院，真的可以學好英文嗎？NO，我不認為。想要看電影學英文，最好是在家裡看片子，才能達到學習的效果。因為一句話聽不懂，你可以倒回去再聽一遍，直到聽懂為止。

我的做法是先錄下電視上播放的電影，然後一而再、再而三地仔細看。你可以先正常地看完一遍，然後第二遍開始，用膠帶把中文字幕貼住，用聽的，不要用看的。其實，最好的方式是直接看英文原版帶，不用中文字幕，但是這對初學者難度比較高。

如果這個建議你嫌麻煩，可以改看 DVD，但不要開字幕。

電影反映真實人生，劇中人的對白很少文謅謅的，非常口語化，電視影集也是一樣。你同樣也可以把影集錄下來，然後再反覆去看、去聽。如果真的聽不懂，可以記下大概的「發音」，搭配中文「翻譯」，拿去請教英文程度較好的朋友。

你會為電影取什麼名字？

在看電影之前，我習慣性地會去研究原文片名與中文譯名，這樣可以考驗自己在翻譯上「信、雅、達」的功力。像《變臉》的原文是「Face-off」，我覺得翻譯得非常貼切；而《Gone With The Wind》翻成「亂世佳人」；《G.I.Jane》翻成「魔鬼女大兵」，也都滿「切題」。但像前年一部《Leon》，香港翻譯成「這個殺手不太冷」，我就搞不清楚原因何在，為什麼不是「不太酷」呢？

另外還有一部阿諾史瓦辛格主演的《魔鬼二世》，原名叫「Junior」，一開始我也搞不清楚為什麼叫「魔鬼二世」，看完之後才會心一笑。

原來阿諾史瓦辛格「受孕」的受精卵，是艾瑪湯普森弄來的，取名叫「Junior」；阿諾史瓦辛格竟然「男人生小孩」，不是奇蹟是什麼？所以呢，當然要說是「魔鬼二世」了！

TIPS 把電影錄下來，看了兩次、三次之後，再看的時候，主角要講什麼話，你都已一清二楚。接下來你不妨自己想像畫面、劇情，不知不覺你就可以像劇中人「脫口而出」講英文。

PART
4

把握每次出國機會，
為自己的實力加分

逛街是有問有答的磨練

Shopping 最容易製造「有來有往」對話的場景：你跟我說多少錢，然後我跟你殺價；你又說不行，我再討價還價、嫌東嫌西，但不是那麼想買；你為了賣東西，一定會說，這個有多好，那個又有多好，苦口婆心，口若懸河，兩個人也不知浪費多少「口水」。

Inexpensive 和 cheap 有什麼不同？

買東西雖然是學英文的好機會，但是初學者包括我媽媽在內，通常也只會說「discount」。說到百貨公司大拍賣打折，我自己以前也鬧過笑話。像看到「30% OFF」的標語，就以為是打三折，高高興興地跑去買，卻敗興而歸，原來「30% OFF」是打七折！

商品一定有貴有便宜，英文中，expensive 是「昂貴的」意思；相對的，cheap 雖然也有「便宜的」的意思，但兩者在用法上還是有差別。

有一次我去買東西，我說：「This is very cheap.」可是對方

卻告訴我：「不要用 cheap，因為 cheap 有『賤價』的意味，用 inexpensive 比較恰當。」

　　如果你看見 Chanel 的皮包打三折，你可以說：「This is very inexpensive.」真的不貴；可千萬不要說：「This is cheap.」inexpensive 與 cheap 其中的區別，我就是在買東西的過程中學來的。

你會數銅板嗎？

　　由於工作關係，比較少有時間上街買東西，所以一出國我就會大採購，因為國外的折扣非常誘人，而且在美國住了一段時間，也習慣趁打折時，才去挑選物美價廉的東西。在美國買東西，有時候可以用 coupon，就是折價券，功能比台灣更強大。在國外，用 coupon 買東西都可以有很大的折扣，老外們平日都會蒐集。

　　提到採購，就一定要提一提老外的算術邏輯。例如，你買了二十五元的東西，付五十元，應該找二十五元才對。我們的算法是「50–25 = 25」，老外就很奇怪，他們是用「加法」。店員找錢的時候，會先給你一張五元紙幣，然後口中念著「三十」，接著再給你一張十元紙幣，再說出「四十」，最後再給你一張十元紙幣，嘴裡再說出「五十」。

這種找錢的算法對我們而言是滿新鮮的,可是,如果遇到零頭就很麻煩,你很可能只聽店員像報數似的「一、二、三、四、五、六⋯⋯」然後把錢塞到你手上,最後再問你一句「對不對?」

我剛去美國的時候,買東西常常會被搞得莫名其妙,尤其是美元的銅板又多,令人丈二金剛。當店員問我:「Ok?Ok?」我只能隨口回應,回頭再慢慢算。不過,老實說,他們當時對我說什麼,我還真的都聽不懂。

講到美國的銅板,對我來說也很複雜。美金沒有一元的銅板,二角五分叫作「quarter」,「dime」是一角,「nickel」是五分,一分則是「cent」。這些銅板大小都不一樣,買東西付錢時,有的人乾脆就把所有的銅板都拿出來放在手上,讓店員自己拿。

TIPS 在國外 shopping 會逼迫你去學一些單字,總不會全部用比的吧!像買衣服,也不光是用 cloth 就可以一網打盡。外套是 coat,夾克是 jacket,襯衫是 shirt,裙子是 skirt,牛仔褲是 jeans,內衣是 underwear,內褲是 panties⋯⋯因為你想買這些東西,買多了自然就學會了。當然,最重要的是,數字也要會聽會講,才能討價還價。

【情境會話】

→ 逛街購衣

Hello, may I help you? (What can I do for you?)

哈囉，有什麼需要服務的？

I'm just looking around. (I'm just browsing.)

我只是看看。

I'm looking for a shirt/suit/skirt...

我在找襯衫／套裝／裙子……

Are there any specials in your store?

你店裡有什麼特別的東西嗎？

Do you have a particular design or color in your mind?

你想找什麼特別的設計或是顏色嗎？

I wear a petite, or size 7.

我穿小號或七號。

What is this made of?

這是什麼材質做的呢？

→ 試衣及修改

May I try this on?

我可以試穿這件嗎？

Where is the fitting room?

試衣間在哪裡？

How does it fit?

合穿嗎？

This is just my size.

尺寸剛剛好。

Can you alter it?

這可以修改嗎？

Can you take down/up these pants about an inch?

你可以把褲子放長／改短一吋嗎？

→ 詢問與付款

Is this too flashy?/ Is this too loud?

這衣服會不會太搶眼了？

Is this too plain?/ Is this too quiet?

這衣服會不會太素、太單調了？

The price is very reasonable.（This is very inexpensive.）

價格很合理。價格很便宜。

How would you like to pay? Cash or charge?

您要如何付款？付現還是刷卡？

I'll pay cash/by check/by credit card.

我要付現／用支票／要刷卡。

Can I pay in installments?

我可以分期付款嗎？

Can I get a receipt?

可以給我一張收據嗎？

【關鍵字】	
underwear	內衣
panties	女用內褲
sexy shoulder	削肩上衣
top	上衣
blouse	女用襯衫
one-piece	一件式的連身洋裝
shorts and strings	短褲和短袖汗衫
evening gown	晚禮服

flashy	鮮豔的
neat	光潔的（好看的）

TIPS 在國外逛街買衣服，店員通常會問你：「What can I do for you?」（有什麼需要服務的？）在台灣，很多人都是一句話都不吭。我覺得最好還是面帶微笑，然後回答：「I'm just looking around.」（我只是隨便看看。）如果你正好要找什麼衣服，就不妨說：「I'm looking for a shirt...」總之，試著說幾句話，又不會怎樣！逛街時，東看西看，看看標籤、廣告標語，聽聽別人的對話，或試著和店員對話，即便不買東西，學一學英文也蠻不錯的！

旅途中到處都是你的老師

　　想從旅行中學習英文，場合大概不出在飛機上、飯店、用餐、問路等等。先說在飛機上的情形。

向空中小姐免費學英文

　　第一次搭飛機的人，看在別人眼裡一定很遜。拿我來說，第一次坐飛機時，空中小姐還在三、四排問旅客要吃什麼時，我就很緊張地豎起耳朵仔細聽，深怕問到我的時候什麼都講不出來，只能看別人吃什麼，我用比手畫腳的。

　　通常，飛機餐多半以雞肉跟牛肉為主「Chicken or beef？」空中小姐都會這樣問你，想吃什麼就告訴她。接著她會一手拿咖啡壺、一手拿茶壺，然後問：「Coffee or tea？」這也讓我想到後來衍伸出「Coffee, tea ,or me?」的笑話，學英文還是非常有趣的啊！

不要再犯「double」的錯誤

下了飛機去住飯店的時候，check in、check out、passport、operator、room service、morning call……這些都是最常用的英文單字。

提到飯店，我忍不住想先說自己鬧過的笑話。大三時去南非參加「國際青年會議」，參加的學生都是來自世界各國的年輕人，那一次我除了學習到英文之外，也學到了文化差異。

中南美洲的人都很熱情，我遇見一個來自哥倫比亞的男同學，一見面就說要跟我結婚，把我嚇一跳。晚上在 pub 又遇見他，他竟然指了指自己的大腿，叫我「Sit over here.」我雖然沒什麼國際經驗，也知道這應該不是國際禮儀。不過，我還是遲疑了一下，問他：「Excuse me, is it one of your customs?」他回答：「Yes.」我想他是騙我的。

後來他又對我說，自己讀法律系，希望畢業後到台灣跟我結婚，在台灣當律師。我生平第一次有人向我求婚就是他。我真的覺得太離譜了，趕緊拒絕他。沒想到第二天一早開會再碰面，他竟然連看都不看我一眼，「變心」變得真快！

當晚我因時差問題已有睡意，又被那個外國人搞得暈頭轉向，隨即回房睡覺。不巧停電，我只有點蠟燭。睡夢中，彷彿有人來敲門，我還以為是那位哥倫比亞的男同學來騷擾。只聽

到一句「Excuse me！」房門就被撞開，衝進來一票人，接著我又聽見警鈴大作的聲音。原來是蠟燭倒了，把房間燒了起來。

飯店經理除了安排我換房間，還頻頻向我說 sorry，我則故作鎮靜，不說話。當對方頻頻道歉時，我其實是深怕人家要我賠錢。

後來我要打電話回台灣，又鬧了個笑話。我先問 operator 怎麼撥電話，比如她說「0–0–2–2–1」時，是這麼講的：「double 0 double two one」，我聽不懂問她：「Excuse me！」她又講一遍，我還是不懂。她有點不耐煩，就問：「Do you speak English？」我也很火大：「Yes, do you?」最後她就一個字一個字念給我聽，我才知道「2–2」可以念成「double two」，不一定得念「two two」。

旅行之中經常會有問路的狀況，我建議你盡量少拿著地圖在街上走，人家一看就知道你是觀光客，很容易變成被搶的目標。可以的話，直接用英文問人，例如，你要去中央公園，可以問路人：

「Where is the Central Park?」

對方回答：

「Two blocks away.」

就是說，要走兩條街才會到。

TIPS 初到一個城市旅行時，如果怕被在地人一眼識破，你不妨有樣學樣。像在紐約，紐約人標準的打扮是：牛仔褲、外套、墨鏡、帽子。千萬不要太過於招搖，讓自己成為人人注目的焦點。

此外，我一向認為出門在外，禮貌很重要，無論你要問什麼，只要記得開口說：「Excuse me」，無論到哪裡，都會有人幫你。

→ 訂機票

I'd like to reserve a ticket for the flight from New York
to Las Vegas.

我想要訂一張從紐約到拉斯維加斯的機票。

On what day?

要訂哪一天？

Sorry, but the flight on that day is fully booked.

抱歉，那天這個班機已經客滿了。

I want to be on the waiting list.

我想要排後補。

→ 在機場

Where's the counter of Eva Airline?

請問長榮航空的櫃台在哪裡？

I'll check two pieces of baggage.

我要託運兩件行李。

Can I take this bag as carry-on baggage?

(Can I take this bag into the cabin?)

這個包包可以當成隨身行李帶進機艙嗎？

I heard flight No.007 was cancelled.

Could you get me another flight?

我聽說 007 航班取消了。你可以幫我找其它的班次嗎？

Could you also check other airlines for me, please?

可以也幫我查查看其它航空公司嗎？

→ 機艙內

Can I change seats?

我可以換位子嗎？

What movies will be shown?

機上會播放哪些電影？

Could you tell me how to fill out the immigration form?

可以教我怎樣填寫入境卡嗎？

I am sure I'll suffer jet lag.

我肯定會有時差。

I'm a little airsick.

有一點暈機。

→ 入境

Where can I get my baggage?

要去哪裡領取我的行李？

I'm afraid my baggage is missing.

我的行李恐怕不見了。

Where's the lost baggage office?

行李遺失處理中心在哪裡？

What's your purpose of your visit? Pleasure or business?

你此行的目的是什麼？觀光還是商務？

I'm going to work at the New York branch of my company.

我將轉調到紐約的分公司工作。

I'm going to enroll in New York University.

我將前往紐約大學唸書。

Do you have anything to declare?

有什麼東西要報稅嗎？

I have three bottles of whiskey.

我帶了三瓶威士忌。

What's in the trunk?

這個大皮箱內有什麼？

Just a few personal belongings.

只是一些個人用品。

→ 搭地鐵、巴士

How can I get to the nearest subway station?

最近的地鐵站在哪裡？

Can I go to the Museum of Modern Art by subway?

搭地鐵可以到現代美術館嗎？

Which line should I take to go to the Time Square?

到時代廣場應該坐哪一條線？

Do you have a bus route map/subway map?

你有巴士路線圖／地鐵路線圖嗎？

Do I have to transfer?（Where should I transfer?）

我需要轉車嗎？（該到哪裡轉車？）

→ 搭計程車

Could you call a taxi for me, please?

可以幫我叫部計程車嗎？

There is no vacant taxi cruising down this street.

街上沒有空的計程車。

East 78 street, between 2nd and 3rd Avenue, please.

請到東 78 街，介於第二和第三大道中間那一段。

How much is the fare to downtown?

到市區的車資是多少？

I'm in a hurry, so please take a shortcut.

我趕時間，請抄近路。

→ 問路

Excuse me. Could you tell me how to get to Lincoln Center?

抱歉。你可以告訴我要怎麼去林肯中心嗎？

Go straight along this street to the next corner,
and turn right.

這條路直走，到下個路口右轉。

Is this the right way to New York University?

到紐約大學走這條路對嗎？

You're going in the wrong direction.

你走錯方向了。

Can you give me directions?

可以跟你問個路嗎？

What's the best way to get to the museum from here?

從這裡去博物館，怎麼走最好呢？

→ 預訂旅館

Can you recommend a good hotel with reasonable rates?

你可以推薦一間經濟實惠的好旅館嗎？

My budget is round 150 dollars a night.

我的預算是一晚一百五十美元左右。

Please book a hotel near the airport.

請訂一間靠近機場的旅館。

I'd like to have a room with an ocean view (a mountain view).

我想要有海景（山景）的房間。

What's the rate?

請問房價多少？

What services come with the rate?

這個房價包括哪些服務呢？

→ 住房

I have a reservation, but I'll arrive late.

我有預訂，但會晚一點到。

I don't have a reservation, but do you have a single room available?

我沒有預訂，你們還有單人房嗎？

Could we have an extra bed in a double room?

可以在我們的雙人房中添加一張床嗎？

Please fill out the registration card.

請填好住宿登記卡。

→ 客房服務

Could you wake me up at seven o'clock tomorrow morning?

明天早上七點鐘叫醒我好嗎？

This is room 2046. Could you bring us two chicken sandwiches and a pot of coffee?

這裡是 2046 房，可以請你送兩份雞肉三明治和一壺咖啡來嗎？

The toilet doesn't flush.

這馬桶不能沖水。

I'd like to change room.

我想要換房間。

Would you please keep the valuables for me?

可以幫我保管這些貴重物品嗎？

→ 退房

Do you have a shuttle bus service to the airport?

你們有機場的接駁巴士服務嗎？

Check-out, please.

我要退房。

What's the grand total?

一共多少費用？

How would you like to pay?

你要怎麼付帳呢？

張口吃美食、開口說英文

台灣的小吃店，在美國可以歸類為 deli，在這些地方可以買到熟食，一般美國人也會來這裡買沙拉或是三明治。此外，deli 也賣蔬菜、水果，但通常不太新鮮。真正要便宜又好的，可以去韓國人開的 Green Market 買。他們通常會把特價品一箱箱擺在騎樓，任君挑選，有些店甚至是二十四小時營業。

老闆，我要一客雞肉三明治

美國人賣三明治，不像台灣那麼「秀氣」，而是秤重的。三明治的餡也很多樣化，配料有番茄、酸黃瓜（pickled cucumbers）等，肉片也有很多種選擇，像是香腸（sausage）、午餐肉（sliced meat）、雞肉（chicken），看你要哪一種，要買多少，老闆就切多少給你。

所以呢，同樣的一份雞肉三明治，可能你買美金兩塊七，他買只要兩塊五，那是因為肉片厚度不同，甚至連不同種類麵包，也有不同的價錢。你可不要土土的質問老闆：「為什麼我買要付兩塊七，他卻只要兩塊五？」

至於路邊攤，我最喜歡吃熱狗（hot dog）。在紐約，hot dog 又叫作 frank。價錢也有很多種，美金一塊五、一塊六五、一塊九都有。熱狗內通常會夾酸菜、醃黃瓜、洋蔥、番茄醬、芥末。吃一口，酸甜苦辣的味道都齊了，真過癮。所以，如果老闆問你要加什麼，你一定要說「everything」——什麼都加。

　　有時候，我一天要吃兩、三份熱狗，還得自我節制，免得發胖。你不要小看熱狗喔！它的吃法也有要領——必須用手掌拖住，然後把熱狗「打直」慢慢地往嘴巴送，注意！醬汁流出來時嘴巴也要接住喔！

　　在美國吃早餐很方便，街邊都有附設簡餐的咖啡廳。通常飲料有咖啡和果汁任選一種；如果想吃蛋，老闆或掌廚的，會問你要用炒的（saute），或是煎的（fry）；除此之外，你可以來一客鬆餅（waffle），或是薄煎餅（pancake）。

　　Pancake 是三個一疊，吃法很特別的，不懂的人會一塊一塊拿起來吃，其實，正確的吃法是先塗奶油，一層疊一層，蜂蜜則由上往下淋，整個包起來吃。

TIPS 如果要去 deli 這種店鋪，最好先由友人陪伴，讓朋友告訴你店裡賣什麼東西。要不然老闆很忙，你要是問他這是什麼、那又是什麼，他才懶得理你。如果是光顧路邊攤，先觀察一下，看看別人究竟是在買什麼東西，心裡有譜了，再仔細問老闆。

如果你是去餐廳吃飯，那就不用客氣了，直接可以把服務生找來，不懂的就問，他要賺小費嘛，一定會好好地為你服務！

→ 推薦餐廳

I'm getting used to the food here.

我已漸漸習慣這裡的食物了。

I buy something to eat out on my way to the office.

我在上班的途中會買一些吃的。

Could you recommend some good restaurants around here?

你可以推薦一些這附近好的餐廳嗎？

Which do you prefer, Italian or Chinese food?

你喜歡哪一種食物？義大利菜還是中國菜？

If you want to get authentic Chinese food, you should go to Chinatown.

如果你想要吃道地的中國菜，你該到中國城去吃。

→ 訂位

I'd like to reserve a table for tomorrow.

We'd like to come at seven.

我想要訂明天的位子。

我們七點會到。

We don't have a reservation.

Could we have a table for four?

我們沒有訂位。

有四個人的桌子嗎?

→ 點菜

Are you ready to order?（May I take your order?）

你準備好要點餐了嗎?

How would you like your steak?

牛排要幾分熟?

Rare（Medium rare, Medium, Well done）, please.

三分熟（五分熟、七分、全熟）。

We have minestrone and clam chowder.

我們有蔬菜濃湯和蛤蜊濃湯。

Would you like something to drink?

您要喝飲料嗎?

→ 付帳

Could I take the rest home?（Can I have a doggie bag?）

我可以打包嗎?

Let's split the bill.

我們分開付吧。

Let me treat you tonight.

今天我請客。

Does this include a service charge?

這價格有包含服務費嗎？

→ 外帶及外賣

I'd like a chicken salad sandwich.

我要雞肉沙拉三明治。

Is it for here or to go?

這裡吃還是帶走？

Let's have some pizza delivered.

我們叫比薩外送吧！

【關鍵字】	
oily/greasy	油膩的
rich	味濃的／甜膩的
aperitif	餐前酒
appetizer	前菜

main dish	主菜
house specialty	本店招牌菜
roasted	（用烤箱）烤的
grilled	（用鐵鋼架）烤的
steamed	蒸的
boiled	煮的
fried	炒的
deep-fried	炸的

TIPS 當你買熱狗、潛水艇三明治、煎蛋捲時，老闆如果問你的食物要包什麼？面對那一大堆你根本叫都叫不出名字的佐料、蔬菜、肉類，最簡單的一句話就是：「Everything！」──什麼都加！
當然，如果你真的有什麼不敢吃的，就把那樣食物的名稱記起來，或是食指往那樣東西一指──「Everything, except this!」（除了這個，什麼都加。）

租房子搞懂外國人的習性

我剛到紐約的時候,是住在皇后區(Queens)郊區的白石鎮(White Stone)。那是猶太人居住的高級住宅區。從我住的地方到學校,要花一個多小時的時間,真不敢相信我竟然這樣過了一個學期辛苦通車的日子。

租屋盡量貼近校區

我住的房子是獨棟木造房屋,有兩層樓,外加地下室。我住在二樓,房間不大,擺了一張床之後,就連一張桌子也擺不下,只好拿行李箱當桌子用。一個月的房租是美金兩百五十元。

到了冬天天氣變得很冷,開暖氣也沒有用,冷得不想下床。你信不信,我曾經被凍到都哭出來了。因為太冷,只好不斷地吃東西取暖。記得我剛去美國沒多久,就重了十四磅(約六、七公斤),成了小胖妹。

如果你準備出國念書或遊學,千萬不要到了當地再找房子,或是先寄住親戚或朋友家中,絕對不要有這樣的想法,因為你不但提了一大堆的行李,還會破壞人家作息的 schedule。

一般來說，留學生都會申請學校宿舍，申請不到，可以請學校代為尋找，先找學校附近的房子，再擴大範圍向外尋找，但還是以貼近校區為原則。

不同房東的規矩不同

如果你住進去之後對房子不滿意，可以先做好搬家的準備。我不是叫你先捲好鋪蓋，而是叫你去看學校布告欄，看看有沒有房子要出租。通常「For Rent」或「House Sublet」這類條子上，除了介紹房子的配備外，還有剪成一格一格的電話號碼，讓你打電話去詢問。

我第二次出國念書是去哈佛進修，雖然只去一個暑假，還是請哈佛台灣同學會會長幫我找房子。那是一種在暑假期間出租的房子（Summer Sublet），我住的是一棟滿漂亮的樓層，牆壁上爬滿了樹藤。一個月的租金是一千多塊美金，我們有三個人分攤，這是我第一次跟老外合租房子。

那個地區屬於高級住宅區，設有 rent control，也就是租金的上限，這是州政府規定的，一來是抑止房地產飆漲，二來是怕學生負擔太重。因為當地政府認為，屋主既然有錢買這麼貴的房子，不會在乎那一點點的租金。所以，我就看過附近有很漂亮的房子荒廢沒人住，這多半是屋主覺得，收幾百塊房租還

不夠維修費，寧願任其空著。

　　我的二房東是女孩子，很活潑，她經常管我，也會偷偷溜進我的房間東看西看，大概是要看我有沒有把房間弄髒。跟外國人住滿有趣的，他們似乎事事分得一清二楚，喜歡 go dutch（各付各的）。有時我也會放一些飲料在冰箱裡，然後告訴他們可以拿來喝。他們都會說謝謝，可是從來沒有喝。

　　有一天，我就發現二房東把冰箱分成三格，上面貼名牌，意思就是要我們把自己的東西放在自己的那一格，這樣才不會搞錯。你說他們是不是斤斤計較？別忘了，這就是老外的作風。

TIPS 無論是在國外短期居留，或是讀書，租房子一定會遇到許多狀況；和房東或室友之間的相處，也會遇到問題。不要怕，你應該慶幸自己碰到了問題，這樣才能訓練自己處理危機的能力。我的租屋經驗，僅供你參考。

→ 買房及貸款

You need a down payment of 20,000 dollars to buy that house.

買這房子你需要支付兩萬美金的頭期款。

I'd like to apply for a mortgage for 100,000 dollars.

我想要申請十萬元的房貸。

Could you make it a fifteen-year mortgage?

可以申請十五年的房貸嗎？

Your monthly payment will be $ ...

你每個月需支付……

→ 居家問題

Could you tell me a good plumber/electrician, please?

可以介紹我一位好的水管工／電工嗎？

My air conditioner doesn't work.

我的空調壞掉了。

The power was cut off.

停電了。

The fuse has blown, and now we don't have any electricity.

保險絲燒斷了，現在我們沒電了。

The gas alarm is going off.

瓦斯的警報器響了。

Turn it off at the main.

關掉總開關。

The toilet won't flush.（The toilet is plugged up.）

馬桶無法沖水。（馬桶不通。）

The roof is leaking.

屋頂漏水。

Could you come over and fix it right now?

你可以立刻過來修理嗎？

【關鍵字】

down payment	頭期款
floor plan	平面圖
mortgage	貸款
plumber	水管工
electrician	電工

gardener	園丁
painter	油漆工
carpenter	木工
pest control	除蟲
flush	沖水
leak	漏
maintenance man	維修人員
repairperson	修理工人

TIPS 冷氣壞了、瓦斯點不著、電燈不亮⋯⋯，這些問題難免會發生。如果你有朋友精通這些大小事是最好了，要不然，換換燈泡、通通馬桶這樣簡單的事你還是應該學一學。真的遇到解決不了的事，那也只好找人來修理。水電工怎麼說？東西怎麼壞的？一時都想不起來。沒關係，至少你要會說「（東西）is out of order.」（故障了）或是「（東西）is leaking.」（漏了）。「Could you come over to fix it? ／ Could you send someone to fix it?」（你可以派人來修理嗎？）

警察攔檢時英文超重要

在美國開車，因為地方大，一定要隨身攜帶地圖，不過，問路請到加油站去問，不要隨便抓個路人甲、路人乙就亂問。安全第一嘛！

美國的公路都是又長又直，有時候你開車，整條大馬路都沒有別的車子，但是，最重要的是，在高速公路上，你千萬不要開過頭，或是下錯了交流道，因為，一旦錯過了交流道，你也許已經從這個州跑到另外一個州了。

警察攔車請勿輕舉妄動

除了注意道路標示，開車的時候，千萬千萬要留心交通警察。在台灣，通常交通警察要攔你，他們會亮燈，然後超車到你的面前，「逼」你停車。在美國就不一樣。他們的交通警察不會超車，但會一直跟在你車後，一直閃警燈，然後會用擴音器廣播，叫你把車子停到一旁。等你停車之後，他們還會叫你把雙手放在方向盤上，這時候，你可千萬不要輕舉妄動。

美國就曾經發生過一件慘劇。一位華裔留學生可能沒有搞

清楚狀況，他把車子停下來之後，就伸手想去解開安全帶，結果交通警察以為他要掏槍，就先開槍自衛，結果那個留學生就被打死了，死得可真冤枉。

在美國，經常發生外國人因為搞不清楚民情或是語言不通，而慘遭意外。有一個移民美國的日本人，有一次碰到警察臨檢，警察叫他「Freeze」，他因為搞不清楚警方的意思，沒有「一個口令，一個動作」，結果就被開槍打死。「Freeze」的意思是「冷凍」，但是美國的口語則有「站住不動」「別動」的意思。這些狀況，你在看警匪槍戰的外國影片中，應常看到。

搭地鐵切忌貪睡、坐門邊

如果你不開車，多半會搭地下鐵（subway）或是公車。美國的地下鐵四通八達，雖然很方便，但是要注意自身安全。以紐約為例，紐約的地下鐵很亂，搭地下鐵絕對不能睡覺，這是很危險的。

有一次，我戴著墨鏡去搭地下鐵，不知不覺就睡著了。等我醒來時，才發現整節車廂只剩下我和坐在我對面的一個男的。我警覺到他一直注視著我，臉上還帶著詭異的笑容。因為我戴墨鏡，他可能以為我一直在看他，對他有意思，而我根本只是戴著墨鏡在睡覺，所以當他走過來時，我嚇了一大跳，

當時我的感覺是，他應該看了我好一陣子，準備要走過來坐在我旁邊。雖然我心裡很緊張，還是故作鎮靜。等到地下鐵一進站就馬上跳下車跑掉了，真的是有驚無險。

另外，搭地鐵最好也不要坐在靠車門的位置，因為很多歹徒，就是專門挑坐在門邊的乘客下手，這樣搶了皮包要「落跑」很容易，你想追都來不及。

碰到流浪漢最好裝傻

即使不搭車，光靠兩條腿走在馬路上，也要提高警覺，尤其要小心流浪漢。我的經驗是，很多流浪漢都會手拿酒瓶，然後故意去撞你，把酒瓶摔破，接著就會纏著你不放，要求你賠償。其實，他瓶子裡根本不是裝酒，真的碰上這種無賴，你就不要理他，要不然會沒完沒了。很多人不了解，心想賠錢了事，結果錢包一拿出來，就被搶走了。最好的方法就是不理他們，裝作什麼都聽不懂。你不要以為我鐵石心腸，這只是自我保護，不得已的措施。

我自己就有過被搶的經驗。有一次，我去領扶輪社匯過來的獎學金。八百塊美金，已經是很大的數目。一出辦公大樓，我就看到一對黑人男女在吵架，他們吵得很兇，自然吸引我的注意。我稍微停下腳步，立即有一群黑人向我走過來，但一下

子又都走開。後來我發現，自己的皮包已經被人打開，其中的小錢包不翼而飛，幸好那八百塊美金沒有被搶走。我立即跑進一家服飾店，店員見我臉色慘白，還一直問我發生了什麼事。

另外有一次，有兩個朋友來找我，我們走在 42 街時報廣場的街上，忽然間，走在中間的朋友抱著頭蹲下去，我還以為他中彈了。他很久都沒有說話，最後才說：「老黑搶我的錢。」原來，他的西裝褲後面口袋放了十五元美金，大概是露出來一點，被看到了，那個黑人就從後面走過來伸手摸他的口袋，他一有感覺，立即蹲下去，結果還是被搶了。那個黑人的動作太快了，我們其他兩個人走在他的身邊，竟然都沒有感覺。從此，我那個朋友，打死他都不願意去紐約了。

TIPS 美國的交通警察如果要攔車通常是：一、尾隨你的車後，並閃警燈。二、你若是沒反應，開始用擴音器喊話叫你靠邊停車「Pull over」。三、交通警察來到跟前，通常會跟你要駕照（driving license）。四、聽不懂時，你可以這麼說：「Excuse me！」

【情境會話】

→ 買車

What kind of car are you looking for?

你想要找哪一種車？

Do you have a compact Japanese car at a reasonable price?

你們有沒有平價的日製小型車？

Does this car have good fuel economy?

這車省油嗎？

→ 租車

I'd like to rent a car.（Do you have a car available?）

我想要租車。（有車可租嗎？）

What type of car would you like?

你想要哪一型的車？

How much does it cost per day?

一天要多少費用？

It's 70 dollars plus tax.

七十元稅外加。

How about mileage and gas?

哩程數和汽油如何計算呢？

Does it include the insurance fee?

這價錢含保險嗎？

I want full insurance.

我要保全險。

Can I drop the car off in Philadelphia?

我可以把車丟在費城嗎？（意思是：可以在費城還車嗎？）

Please fill out the contract and sign your name.

請填好這張合約並簽上大名。

→ 加油

Is there a gas station up ahead? Is it far?

前面有加油站嗎？遠不遠？

Where is the nearest gas station?

最近的加油站在哪裡呢？

How long will it take me to get there?

我要多久才到得了？

Do you want to fill it up?

你要加滿油嗎？

→ 故障

Something is wrong with my car.

我的車子有點毛病。

I've got a flat tire.

輪胎爆了。

My car broke down.

I need roadside assistance.

我的車拋錨了。

我需要道路救援。

Could I have a ride?（Could I hitch a ride?）

我可以搭便車嗎？

【關鍵字】	
DMV=Department of Motor Vehicles	汽車監理站
acceleration	加速
crosswalk	人行穿越道
illegal parking	違規停車
speeding	超速
speed limit	速限

compact car	小型車
medium car	中型車
full-sized car	大型車
coupe	雙門轎車
convertible car	敞篷車
SUV	運動休旅車
RV	休旅車
4WD	四輪傳動
gas station	加油站
sub-compact car	比 compact 小的小型車

TIPS 我在美國並沒有買車，不過幾乎每一個有車子的朋友都會加入一個 AAA（Triple A；American Automobile Association）協會。這個 AAA 協會你一定要知道，因為一入會，就可以享受緊急修理與拖吊等服務。比如在雪地裡車子開不動時，連絡他們，馬上就會有人來協助。除此之外，還可取得旅遊與道路的相關資料，總之好處多多。申請入會的英文會話也不難，現在就學起來吧——

I'd like to apply for AAA membership. What's the membership fee?

（我想要申請加入 AAA，會費要多少？）

狀況 6
看脫口秀跟名嘴學收穫多

美國的電視影集，我自己分成好看的與不好看的。好看的像是《急診室的春天》（Emergency Room）《怪醫豪斯》（Dr.Houser MD.）；不好看的就像是《杏林春暖》（General Hospital》《不安分的青春》（The young and the restless），這些大多是標準的肥皂劇，soap opera。

Soap opera 多半是在下午一、兩點的時候播出，收視率（SRT）絕對很差，這都是一些沒有工作能力、家庭主婦或是沒事幹的人才會看。Soap opera 的男、女主角都是標準的俊男美女，你看他們的表演，會覺得每個人的鼻子和眼睛都是美容過的、假假的感覺。他們的演技很誇張，對白也很奇怪，似乎與現實生活脫了節。

我記得曾經看過一部戲，一男一女在屋子裡，男的沒穿衣服，下半身只圍一條毛巾；女的則是穿泳裝（在屋子裡穿泳裝，很奇怪）。兩個人好像在對話，但你一句、我一言，根本不搭調，不知他們在說什麼。要不然就是在一個 party 的場合，每個人都打扮的花枝招展，不管你說什麼話，對方總是回一句：「哦！是嗎？」真的是肥皂劇，全是泡沫，不知所云。

其實，想要看電視劇學英文，一定要看 talk show，美國三大電視網都有很出名的 talk show 主持人，如黑美人歐普拉（Opera Winfel）、詹姆斯・柯登（James Corden）。另外，我印象很深的一位拉丁裔的主持人柯蘭多，他的脫口秀非常煽情，簡直是太煽情了。

你知道煽情到什麼地步嗎？他們可以在探討婚外情的議題上，把老公找來，也把老婆找來，這還不打緊，最後連第三者也找來，大家當面對質。事先當事人都不知情，結果大家一言不合，還在節目中大打出手。

還有探討「亂倫」的議題，主持人找受害的女兒上節目，請她大談父親究竟是如何對她進行亂倫的過程。節目進行時，母親也突然出現了，可是這位母親，事前並不知道自己的老公，竟然會對女兒做出那種事。然後，母女倆抱頭痛哭。

由於這種 talk show 節目找當事人現身說法，又是談論相當具爭議性的話題，大家都喜歡看。而且，當事人的用字遣詞，就跟平常講話一樣，相當口語化、生活化，這是相當不錯的學習英文的機會。

像有件轟動全球的新聞，就是一位女老師「強姦」十四歲的學生，結果還生了一名女嬰的事件。由於女老師又因為跟男學生在車上「幽會」被警方發現，已被送入監獄。節目播出時，男、女雙方的律師都去上了 Opera 的 talk show，Opera 還打

電話到監獄訪問女老師，讓她現身說法，這種節目收視率都很高。

不過我覺得這樣做節目實在太煽情了，為了追逐收視而失去本質，真有必要做到那樣嗎？當時美國播出的時段是下午，顯然很想透過這種方式刺激收視，不過換做現代應該就沒有這麼大的市場了。

另外，我覺得一些 game show（益智節目）也可以看。像 The Wheel of Fortune（幸運之輪）節目的型態，就是益智猜謎搶答，答對了可以轉「幸運輪」累積點數，兌換獎金。有的則是拿出一些東西讓來賓猜價錢，猜中了就可以把東西帶回家。我一度以為這個節目停播了，沒想到到現在還持續播出，顯然歷久彌新。

看這種 game show，可以了解美國甚至世界各地的風土民情，對於學習英文是很有幫助的。所以，我也建議你，有機會出國時，看看這類的節目。

TIPS 有機會到國外旅行，不要只顧遊山玩水，打開電視看看，會有意想不到的收穫。

【情境會話】

→ 讀報章雜誌

I don't subscribe to any newspapers.

我沒有訂報紙。

I buy a newspaper at a station stall every morning.

我每天都在車站報攤買一份報紙。

I usually read general papers and financial magazines.

我通常讀綜合性的報紙和財經雜誌。

I usually read on the train when I commute.

我常在通勤的電車上閱讀。

→ 看電視

What are your favorite programs?

你最喜歡的節目是什麼？

What channel are you watching now?

你正在看什麼頻道呢？

Do you have a TV guide?

你有電視節目手冊嗎？

I like to watch American dramas and talk shows.

我喜歡看美國影集和談話性節目。

I never miss this drama series.

我從來不會錯過這部連續劇。

Where is the remote control?

搖控器在哪裡？

Could I chang the channel?

我可以轉台嗎？

What's on Channel 2 now?

第二頻道正在播放什麼節目呢？

【關鍵字】	
stall	書報攤
financial page	財經版
front page	頭版
comic book	漫畫書
fiction	小說
commute	通勤
drama series	連續劇（影集）

variety show	綜藝節目
soap opera	肥皂劇
remote control	搖控器

TIPS 旅行時，不要只是遊山玩水，有空就打開電視或買份報紙，可以了解當地的風土民情、當時重要的事件話題，對學習英文也有很大的幫助呢！

上課萬一聽不懂怎麼辦？

　　我去哥大念書時，已經離開學校兩年半了，再重回校園，上課老師、教材、同學全都是用英文，真的是滿吃力的。一堂課兩小時下來，打瞌睡是常有的事，因為我已經不習慣坐那麼久了。

　　當年，我自以為英文很棒，老師講一句話，前面聽懂了，正要寫筆記，後面的話就聽不到。後來我改成聽完整句話再記，但是記一句，總會漏掉四、五句。

不要依賴錄音

　　當時有不少韓國人、日本人等非英文系國家的學生，上課都會錄音，可是我不認同這個方法。這就好比電視記者，有的電視台記者因為在現場採訪時沒有做筆記，只依賴攝影機收錄訪問，回到電視台一忙，就全忘記受訪者說些什麼，只得重新花時間再把錄影帶看一遍。如果時間緊迫，辛苦採訪來的新聞，就會來不及播出。

　　雖然我上課沒有錄音，一開始真的非常吃力，很多地方都

聽不懂。但是，我覺得上課錄音，你就一定不會專心聽講、寫筆記。其次，上課錄音，回家之後又得花一倍的時間聽，實在很費時、費時。況且人都是有惰性的，今天你覺得很累，心想明天再聽，幾天下來，上課的錄音又已累積一大堆。這樣，如果你上課不專心，結果反而什麼都沒有學到。

所以我的做法是，上課之前一定先在家裡 study。也就是把老師每次下課前交代，下一次上課要討論的章節，事先研讀，把可能的疑問記下來，如果老師上課沒講到這些疑問，我就會提出來問老師。

至於上課的筆記，我贊成寫筆記中、英文並用，不過，一定要先把老師講的話聽進腦子裡，「整理」過再寫下來。不能說老師說 ABC，你就寫 ABC，老師可能說了 ABCDEFG，可是，你聽完後濃縮重點，應該是 ADF，你才記 ADF。不過，這種立即解碼（decode）、「自我消化」的筆記方式，確實需要一段時間自我訓練。

此外，上課單打獨鬥當然很辛苦，所以我建議大家應該要多認識朋友。上完課聽不懂老師講什麼，一定要去跟同學借筆記來看，或是請教上課不懂的問題。像我都會問同學：「剛剛 professor 講的某一段，意思是什麼？」所以，課後一定要認識幾個知心好友，但不是「利用」完了就 say good-bye 的那種。

多交朋友互相支援

多交朋友、廣結善緣還有一個好處：在國外上課非常重視 group study，我在哈佛進修時，一個暑假雖然只修三堂課，但是課業很重，除了要寫報告（paper）之外，還要應付考試，但是考試可以幾個同學一起 group study。例如，這一次考試要考六個章節，我們一組有三個人，一個人就負責看兩個章節。每個人兩個章節可不是隨便看看，就可以過關。你除了要看懂之外，還要找出問題、寫筆記，然後 copy 給其他同學。聚會的時候，你還得負責講解，此外，你也得負責解答同學提出的問題。

像我有一位好朋友 Steve，他是經濟系的學生，跑來我們「國際關係」修課。他經常幫我修改 paper，我們也常常在課後討論。後來修經濟學的時候，我很頭痛，Steve 就要我跟他一組。那次考試，老師先給我們五十個題目，但只考其中的六題。於是，我們就每個人負責幾題去算答案。我因為不想丟整組人的臉，也下了工夫去演算。

其實，我的實力和英文程度，人家根本不會想要我加入他們的 group study。這是因為 Steve 想幫我，拉我一把。所以，我才會強調認識朋友的重要性。

和老師商量分數

除了好朋友可以助你一臂之力，別忘了老師也可以助你一臂之力哦！因為老師給分數都是有彈性的。像我曾經有某一堂課在學期一開始，就跑去跟老師說：「因為我上學期的成績不太好，這學期希望能夠得到 A+。」老師告訴我：「妳必須先讓我看妳的東西。」於是，我把期中報告交上去，但是老師不滿意：「這樣子我不能給妳 A+，內容不夠。」我就再拿回去改。修修改改好幾次，最後終於讓我拿到 A+。

老師為什麼要這樣做？目的只是要讓學生真正了解上課內容。所以，我覺得跟老師的「交往」也很重要。上課問問題，下課再跟老師討論，讓他覺得你有進步、對你有印象，你的成績就不會太差了。

TIPS 華裔學生往往非常重視個人分數，以為這樣可以證明自己的實力。我建議在國外上課，心態上你必須先做調整：一、臉皮要厚。二、多和老師討論。三、單打獨鬥吃力不討好。

廣告是洗腦你英文的好幫手

　　雖然我沒有修過廣告學，但也知道廣告要拍得淺顯易懂、言簡意賅，讓每個人都看得懂，讓消費者產生購買產品的欲望，古今中外都一樣。也因此，從廣告中一定可以學到最口語化、最生活化的英文用語。因為廣告的訴求就是生活化的東西。

廣告強迫你記住單字

　　一開始看廣告，你可能看不懂，不曉得究竟在賣什麼。別緊張！慢慢地，你自然就會懂了。

　　其實，看廣告就像吃龍眼，龍眼的肉薄薄的，可以看得見它的籽。廣告裡講的話、那些單字，就如同龍眼的籽一樣，被包在果肉裡面，一撥開就看到了。

　　廣告就是這樣，你看了、聽了，好像知道又好像不知道，可是聽久了，習慣了它的用法，習慣了它的語言，那些字有一天就會突然冒出來。

　　不過，在看廣告時，一定要讓你的耳朵和腦神經去適應，絕不可能一步登天。

美國的廣告往往拍得很溫馨、很美，最主要的是，我很喜歡他們的廣告用語，非常簡潔，而且會押韻，短而有力。

　　譬如我播報英文新聞的時候，講到台灣人在中國因反分裂法被逮捕，哪個國家會這樣直接抓起來宣判，我就會說：「China, and china only.」這句話就是運用了廣告用語的概念，簡潔有力。

　　每當看到廣告裡很棒的句子，我都會把它記下來，像是「No one do it better.」這句話就聽起來很棒。

　　印象中，美國的廣告，大部分藉歌聲或現場原音來搭配，最後再強調一句口號（slogan）。但 local（地方）電視台的廣告，就比較會用大量的旁白來做宣傳。例如：「哪裡有什麼大拍賣（on sale）」「哪裡又在賣什麼東西」。如果你看 local 的廣告，就會有親切的感覺，因為，做廣告的店家很可能就是你的鄰居也說不定。

不要怕被廣告洗腦

　　像我到現在一直還記得幾個廣告，如有一家餐廳老是打「$5.99 special」的套餐，因此，每次去到那家餐廳，大家都會直接點「$5.99 special」的套餐，不用再看菜單。

　　我也還記得我住的附近，有一家汽車修理中心叫作 Mides，

所以，每次廣告片的最後，都有一句台詞：「Nobody beats Mides, nobody!」聽久了，你也自然而然會記下來。就像台灣的某速食店廣告一樣，你一定也會唱它的最後一句：「╳╳╳都是為你！」

> **TIPS** 由於廣告一再重播，再搭配歌曲，等於是雙重印象，幫助你記憶。這樣，你去買東西的時候，即使不會拼那些字，也會念得很順口。所以，你不要怕被廣告洗腦而跑去買東西，應該高興被洗腦，而把單字或一些用語記得很清楚。

狀況 9
跟著愛跑趴的外國人學英文

　　有的人去美國念書，可能會整天待在家裡看台灣或香港的影片，或者看中文報紙、打電話跟華裔的學生聊天，我覺得這樣什麼都學不到。我的建議是，除了上課之外，還要多融入美國社會，參加社交活動。

　　參加社交活動，我指的是同學之間非正式的 mingle，這個字是「混合在一起」的意思。像我就三不五時會去跟同學 mingle，參加一些非正式的聚會。大部分我參加的聚會有兩種型態，一是到學校附近的 pub 坐坐，另一種則是去同學同參加 party。

　　美國的學校附近一定都有 pub，大部分住宿舍的學生，晚上沒事多半會去那裡「混」，你就可以跟著去 mingle 一番。通常，大家都會圍在吧檯，一邊喝著啤酒，一邊聊一些學校發生的事情。這時候你會發現，白天上課講話很慢的同學（也可能是顧慮你聽不懂，講話故意放慢速度），這時候講話的速度就像機關槍一樣，他們才不會管你聽不聽得懂。這是最好的 social 場所，可以幫助你融入美國的生活。

　　當時我總覺得外國人怎麼都不會累，常常約在晚上十點以

後，mingle 到半夜一兩點，我都想睡了，大家卻都還是精神奕奕。不過後來習慣之後，我也就比較能聊了，他們無所不聊，什麼民主黨共和黨的都能聊，這段期間，我的英文口語能力也因此進步不少。

另外，參加同學間的 party 也很有意思。所謂 party，並不像在台灣那樣大吃大喝，頂多就是吃一些洋芋片、起士、餅干，再喝一些啤酒。一開始，我還不太習慣，怎麼 party 就吃這些東西？有的 party 就比較好一點兒，大家是 potluck——也就是每個人各帶一樣菜來參加聚會。不過，老外帶來的「菜」大多以飲料、小餅干（biscuit）為主。我也入境隨俗，曾經跟朋友開了一個多小時的車子，在很冷的天氣，抱著一瓶紅酒去參加 party。

我發現老美也很天真，在 party 時，除了喝酒、吃點心之外，他們很喜歡玩紙牌，或是玩「大富翁」、「猜字遊戲」之類的。雖然我覺得很無聊，可是他們卻玩得很高興，我想這也是種情感交流，不同的文化吧。

我也參加過正式的 party，規定男生要穿西裝、打領帶，女生則要穿裙子或洋裝。這種歡迎會（reception）上，通常準備很多盛著香檳的酒杯，旁邊有各式各樣起士和餅干等小點心，你可以自己拿來吃。和人家聊天的時候，一手拿著酒杯，大家三三兩兩圍個圈圈講話，跟你在電影情節上所見到的情形一樣。

等到演說者出現的時候，大家都會拍手歡迎，然後趨前去向他致意，「我很喜歡你寫的書」「你剛剛的演講很棒」之類的話。通常這類的 reception，都是在演說者發表演說之後才舉行。

TIPS 厚著臉皮去 mingle，可以學到許多課堂上沒有教的東西。

→ 自宅招待

Thank you for coming. Please come in.

歡迎你的光臨。請進！

Thank you for inviting us. This is for your kids.

謝謝你的邀請。這是給你小孩的禮物。

Dinner is ready. Please come over here.

晚餐準備好了，這邊請。

This is typical Chinese home cuisine.

這是典型的中國家常菜。

It looks delicious.

看起來很美味。

Everything is so tasty.

每樣東西都很好吃。

Would you like some more?

要不要再來一些。

Thank you, I'm full.

謝謝，我吃飽了。

Thank you for such a pleasant time tonight.

謝謝你讓我度過一個如此愉快的夜晚。

Please come to our house next time.

下次也請到我家來。

→ 派對

We'll have a party at our place this weekend.

我們家這週末要開派對。

（「開」派對的動詞可以用：have、give 或是 throw）

It's just a small gathering.

只是個小型聚會。

It's a potluck. Please bring some food or drink.

是個菜餚自備的派對，請帶一些食物或飲料來。

Is there anything particular you want me to bring?

要我帶什麼特別的東西來嗎？

Please bring some Taiwanese food if you can.

可以的話請帶一點台灣料理。

I've brought you a special present.

我帶了一份特殊的禮物送給您。

Just make yourself at home.

就當自己家。（別客氣）

Please help yourself.

請自便。

→ 離開

I'd like to say good-bye to you all.

我想向你們大家告別了。

I have got to go now.

我現在得走了。

【關鍵字】	
cuisine	菜餚
baby shower party	為即將出生的小孩所舉辦的祝賀派對
bachelor party	婚禮前的準新郎派對
bridal party	婚禮前的準新娘派對
surprise party	驚喜派對
gathering	聚會
housewarming	入厝派對
barbecue party	烤肉派對

welcome party	歡迎會
farewell party	惜別會
potluck party	菜餚自備的派對
anniversary	週年紀念的派對

TIPS 外國人不時興送禮，你沒事送人禮物，別人搞不好會很困擾。不過如果到人家家裡作客，帶一瓶酒，或買一份小禮物（特別是送給小孩）倒是不錯的選擇，算是謝謝對方的招待。

中國人請人吃飯時，明明滿滿一桌卻常說：「沒什麼菜！」這些中西文化的差異，如今大家也都很了解。總之，不必過份客氣或謙虛（或說虛偽），老外習慣大方地讚美，比如說盛讚你做的菜很好吃，這時你也不必說：「做得不好！」這類的話，總之就是很簡單地說聲：「Thank you.」就行了。夠方便吧！

你的英文可以很生活

美國 Florida 的奧蘭多（Orlando），靠近 Disneyland，這個地方百分之九十九住的是白人，多年前我去那裡玩，才發現碰到的人幾乎都是白人，少有東方面孔。照理說，Orlando 遠離中國人和中文，應該是一個極佳的學習英文環境。可是即使身處 Orlando，如果你的食、衣、住、行、育、樂都離不開中文環境，英文怎麼能夠變好呢？

百元大鈔惹禍上身

好多年前，一位大學學長全家移民到 Orlando，我趁著假期到那裡去玩。當時他的弟弟剛剛要上高中，有一天放學後，他臭著一張臉回家，我問他發生了什麼事，他說：「老師要請我爸爸去學校。」我覺得很納悶，他們全家也非常緊張，搞了半天，問題出在這位小弟弟的零用錢太多了。

原來，他爸爸給他零用錢給得十分大方，一次就給他一張百元美金大鈔。他拿去學校炫耀，同學們十分驚訝，趕緊跑去跟老師打小報告，說他「偷錢」。後來連老師也懷疑他是「販

賣毒品」，要不然怎麼會有一百塊美金？

　　高中生拿著百元美金大鈔，就是偷錢？就是販賣毒品？這是哪一國的邏輯？不要懷疑，人家老美的文化就是這樣。因為在美國，小孩子不可能拿著百元大鈔滿街跑，即使是成年人，也不可能拿著百元大鈔去買東西，售貨員還會瞪你呢！

　　我曾經在超級市場購物，花了六十多塊，當我拿一百塊出來付帳時，售貨員竟然拿著鈔票愣在原地，不知如何是好。折騰了老半天，他把那張鈔票翻來翻去地檢查，好像連店長還是經理都出來了，直到他們確定不是偽鈔之後，才好像滿心不甘情不願地找錢給我。這就是美國文化。如果你不了解，也許還會罵老美沒見過世面，一百塊美金，也才三千多塊台幣而已，唱一次 KTV 就沒了，小錢嘛！

　　就像我學長的爸爸去學校解釋回來，還真的忍不住罵道：「這些美國人實在是大驚小怪、緊張兮兮，我給小孩零用錢也不行嗎？」不是不行，只是老美的認知是，小孩子不能拿那麼多錢，太危險了！

買東西多刷卡

　　記得很久以前，過境 L.A. 一天，於是趁機去看我的朋友。我和朋友一起去比佛利山 shopping，我買了三十多塊美金的東

西，不到新台幣一千元。我拿現金付帳時，朋友卻搶先刷她的信用卡；第二次我又買四十多塊的東西，她還是不讓我付現，而是刷卡；第三次我只買十塊錢的東西，我心想，十塊錢夠少了，總可以付現吧！沒想到她竟然還開支票。

忍不住問她：「怎麼十塊錢的東西，妳還開支票？」她回答：「在這裡，妳掏現金，人家會笑妳。」

我當時並不了解，為什麼用現金會被人家笑，直到在美國生活了一段時間之後，才知道：你越是付現金，人家越會覺得你是沒有信用的人。因為他們覺得，信用卡很方便，也不會有假鈔的問題，除非你的信用破產，否則一定可以申請信用卡。這就是老外的價值觀，跟前面所提的百元大鈔，情形是一樣的。

自助洗衣學問大

還有一件事也可以說明，融入當地人生活習慣與學英文的重要性。我住在 I House 的時候，洗衣服都是到地下室，使用投幣式的自助洗衣機。剛開始，我真的不會用那些洗衣機、烘乾機，甚至連買洗衣粉都不會，只能「望粉興嘆」。有一次，我正不知該如何是好時，恰巧有一位男同學正在使用洗衣機，我就問他怎麼使用，他也很好心地教我。沒多久，我又問他怎麼買洗衣粉，他看了看我，又再教我。後來我又問他怎麼把衣服

烘乾，不料，他竟然對我說：「怎麼樣，今天晚上有沒有空？一起吃飯！」

他的話把我嚇了一跳，幹嘛啊！洗衣服還要吃飯？後來我把這件事說給別人聽，差一點兒沒把他們給笑死。原來，美國這種自助式的洗衣店，因為要在那邊等，通常會擺幾張桌椅讓客人坐著等，還可以邊等邊看雜誌，或是跟其他人聊天、social。一般的老外很難相信，有人不會用洗衣機，尤其是住宿舍的人。因此，我「不厭其煩」地請教對方，才會讓他誤以為我對他「有意思」，而想邀請我吃晚飯。

光是「吃晚飯」還有弦外之意呢！因為晚餐比較正式，飯後，通常會再去你家或我家聊天，如果覺得氣氛不錯的話，就可以進一步「做些什麼事情」……當然，那一次我是沒答應「吃晚餐」啦！

TIPS 「When in Rome, do as the Romans do.」── 入境隨俗。在羅馬當羅馬人；在美國請當美國人。想學好英文，請遠離中文環境。

www.booklife.com.tw　　　　　　　reader@mail.eurasian.com.tw

圓神文叢 274

今天不挑戰，和張雅琴開心學英文

作　　者／張雅琴
發 行 人／簡志忠
出 版 者／圓神出版社有限公司
地　　址／台北市南京東路四段50號6樓之1
電　　話／（02）2579-6600・2579-8800・2570-3939
傳　　真／（02）2579-0338・2577-3220・2570-3636
總 編 輯／陳秋月
主　　編／吳靜怡
責任編輯／林振宏
校　　對／林振宏・歐玫秀
美術編輯／蔡惠如
行銷企畫／詹怡慧
印務統籌／劉鳳剛・高榮祥
監　　印／高榮祥
排　　版／莊寶鈴
經 銷 商／叩應股份有限公司
郵撥帳號／ 18707239
法律顧問／圓神出版事業機構法律顧問　蕭雄淋律師
印　　刷／祥峰印刷廠
2020年7月　初版

定價 320 元　　　　ISBN 978-986-133-721-0

英文絕對是有準備有保佑，持續接觸、進修是學習英文的不二法門。
—— 《今天不挑戰，和張雅琴開心學英文》

◆ **很喜歡這本書，很想要分享**

　　圓神書活網線上提供團購優惠，

　　或洽讀者服務部 02-2579-6600。

◆ **美好生活的提案家，期待為您服務**

　　圓神書活網 www.Booklife.com.tw

　　非會員歡迎體驗優惠，會員獨享累計福利！

國家圖書館出版品預行編目資料

今天不挑戰，和張雅琴開心學英文 / 張雅琴著 .
-- 初版 . -- 台北市：圓神，2020.07
　　208 面；14.8×20.8 公分 --（圓神文叢；274）

　　ISBN 978-986-133-721-0（平裝）
　　1. 英語　2. 學習方法
805.1　　　　　　　　　　　　　　　　　　109006681